U0458827

Alone

在南极，独自一人

〔美〕理查德·E.伯德 著　杜 默 译

人民文学出版社
PEOPLE'S LITERATURE PUBLISHING HOUSE

图书在版编目(CIP)数据

在南极,独自一人/(美)理查德·E.伯德著;杜默译. —北京:人民文学出版社,2018(2025.3重印)
(远行译丛)
ISBN 978-7-02-014361-0

Ⅰ.①在… Ⅱ.①理… ②杜… Ⅲ.①游记-作品集-美国-现代 Ⅳ.①I712.65

中国版本图书馆 CIP 数据核字(2018)第 125834 号

出 品 人	黄育海
责任编辑	卜艳冰 邰莉莉
封面设计	汪佳诗

出版发行	人民文学出版社
社　　址	北京市朝内大街166号
邮政编码	100705
印　　刷	山东临沂新华印刷物流集团有限责任公司
经　　销	全国新华书店等
字　　数	144千字
开　　本	890毫米×1240毫米　1/32
印　　张	7.625
插　　页	5
版　　次	2018年9月北京第1版
印　　次	2025年3月第2次印刷
书　　号	978-7-02-014361-0
定　　价	59.00元

如有印装质量问题,请与本社图书销售中心调换。电话:010-65233595

目 录

1　序　言

1　第一章　一九三三年
23　第二章　三　月
49　第三章　四　月
97　第四章　五　月
138　第五章　六　月
181　第六章　七　月
217　第七章　八　月

序 言

  本书是个人经历实录，正因为太个人了，所以四年中迟迟未能执笔。本书跟我以前所写的东西截然不同。前几本书是据实客观陈述个人探险和艰险历程，本书则是十分主观的体验报道，而且书未成稿，笔者已险些命丧黄泉。个中辛酸苦楚难以言喻，而将这些事隐忍不提又是人之常情，叫我如何既要缕述"前进基地"，又能免于不当地流露个人感情。再者，待在南纬八十度零八分极地的旧创久久未愈，深深密密地藏在我的记忆中，我很怀疑自己能否以超然的态度处理。

  但一干朋友却不让我对此事闭口不言，所到之处总有人殷殷垂询。终于，一九三七年十二月的一天晚上，我跟几位朋友在纽约聚首时，他们都劝我趁记忆犹新，将所经历的事实笔录于书。我虽答应，但总有几分勉强。

  我已预见，只要一动笔，恼人的难题便会接踵而来。其一，我知道如此一来，不得不揭开心头旧创，重温"前进基地"的一些苦楚时光；其二，我觉悟到，我谈论个人私事的方式必然会惹嫌招怨。然而在好友热心和出版商催促的鼓舞之下，我抛开疑虑，答应动笔。

一开始动笔便证实我先前的疑虑并非杞人忧天。的确，我数度有搁笔之念，而且若是有冠冕堂皇的理由，我早就完全放弃了。因为此情不关风与月，且有许多层面纯属所谓的自尊心，实不足为外人道。尽管如此，我还是有始有终，而这本书所呈现的正是有关我自己，以及在那段时间内我所经历的实态。

我原打算利用日记作为本书的素材，但因记述琐碎，加上卷帙浩繁，我很快就发现，单凭日记本无论在时序或分量上都难以卒读。日记中不可避免地充满重复的事物、只对我自己才有意义的指涉、零星琐事，以及一些不宜列入书中的家庭私事。因此书中虽有不少章节摘录自日记，但都是在自觉有助于阐述时为之，行文时并不刻意表明所用的某一天日记究系全文，抑或断章取义；笔者实不欲令书中充斥自传式的结构，不过日记及个人对极地气象形态所作的札记、行事历和零散的报纸，倒也不失为重燃记忆的绝佳工具。

如今，《在南极，独自一人》一书终于付梓，然而若非许多人殷切支持，恐无人能竟此全功。这拳拳情意正是整个体验中的赏心乐事，特别是我从"前进基地"归来之后，仍留在"小美洲"[①]尽心尽力以减轻我领导重任的五十五人，他们的这种支

[①] 美国在南极洲的主要基地。位于凯南湾附近，罗斯冰棚东北缘。一九二八年最先成为伯德南极探险队的总部所在地。

持尤为可感。我的老船友乔治·诺维尔执行官,在我们抵达新西兰之前对我关怀备至,笔者愿借此书以志其隆情高谊。

理查德·E. 伯德

序于马萨诸塞州波士顿市

一九三八年十月

第一章
一九三三年

起　意

　　一九三四年南极冬夜，我独自一人操持的"博林前进气象基地"坐落在广袤的罗斯冰盾上，介于"小美洲"和南极之间，是地球最南端大陆上第一座内陆观察站。我决定在那儿过冬，个中艰辛不是在"小美洲"的一些人所能想象的。原先的计划是在基地配置数人，但不久便发觉全然不可行，结果我只能在完全放弃基地和科学观察任务或独自操作中择其一。我实在不愿放弃。

　　首先必须声明的是，在迄今仍杳无人迹的南极内陆观察气候和极光，除了确有实质价值，以及我对这些研究也有兴趣外，其实我是纯为体验而去。因此这动机可说有点私心，除了观察气候和极光的工作之外，个人没有什么大不了的目的。完全没这回事。有的只是一介凡夫渴望彻底了解那种体验，也就是暂时离群索居以品味安详和宁静，在长期的孤独中玩索个中滋味。

就是这么简单。我相信，为现代生活的繁杂所苦的人，必然会心有戚戚焉。我们陷入从四面八方吹来的狂风中，而在这喧嚣扰攘中，有识之士不免思忖，我将吹往何处，于是便渴望有个安静之地，可以不受干扰地思考和自省。也许有人认为我夸大了人偶尔对离群索居的需求，我则不以为然——至少我可以为自己发言，因为我往往要比一般人花更多时间，才能理出头绪。这么说并不是影射在前往"前进基地"之前，我的私生活过得不如意，事实上我过得很快乐，几已超乎我所能期望的。然而当时杂事的确纷至沓来。大约十四年来，各项探险活动一个接一个占据了我的时间和思绪，几乎将其他的事都排除在外了：一九一九年，海军横渡大西洋飞行；一九二五年，格陵兰；一九二六年，北极；一九二七年，大西洋；一九二八年至一九三〇年，南极；一九三三年至一九三五年，重回南极洲。探险活动的间隔期间也不得闲。探险尚未结束，我已着手张罗下一次探险，同时还得奔走全国各地演讲，借以维持生计和支付刚完成的探险活动的债务，不然就是栖栖惶惶筹措下一次探险的经费和装备。

各位也许会以为，一个以往来于偏远地区为生的人应该不会特别需要宁静。有此想法的人想必对探险所知不多。探险家绝大部分时间处于壅塞和喧嚣环境中，而且往往是在跟时间赛跑。只要探险家不是富甲一方，只要探险本身所面对的是不确定，情况莫不大同小异。无疑地，世人都以为到得了南极或北极就是好事。成千上万人为了一探南北极而奉献毕生最美好的时光，也有很多人中途丧命，但我很怀疑，在极少数真正抵达南北纬九十度的人里面，是否有人认为极地风光真是那么令人振奋。可看之物少得可怜：在地球的一端，是苍茫浩瀚大海中央微小的一点，在地球的另一端，同样是寒风凛冽广袤冰原中间虚构的一点。不一定要到极地才算数，更重要的是在途中所取得的科学价值，到了极地而能全身而返，则是附加价值。

我到过两极。说起来，这已是公认令人满意的成就，广义来说也确是如此——我之所以能号召一般大众支持我个人兴趣所在的全面科学计划，所凭的就是"极地"两字。我家人所保有的剪贴簿越积越厚，而剪报上所报道的全是好事。对我这种行业的人来说，这些有形的成就，加上各界的善心美意，便形成了有形的资产。但我必须指出的是，有识之士如保守的会计师之辈，对后者的估价鲜有超过一美元的。

不过我个人非但少有真正的成就感，反而在评量得失后怅然若失。这种感受主要因为有些事虽然微不足道，但没有去做却令人日益感到悔憾，书籍就是其中之一。我一直告诉自己要读的书不一而足，一旦真正想去读时，不是没时间，就是没耐性。音乐亦然。我爱音乐，这是一种难以言喻的需要，但苦无意志或机会足以打断大多数人珍视为"生存"的日常作息以偷闲聆赏一番。

其他事物，例如我所知不多或全无所悉的新理念、概念和发展等，莫不如此。生活方式似是受到局限。也许有人会问：为什么不把这些东西带进生活里？何苦为了图个清静而远走异地，只身处于极地的荒寒暗漠之中？毕竟，徜徉于纽约第五大道的陌生人的孤寂之情，也许跟浪迹沙漠的旅人无分轩轾。这些我都同意，但我必须指出一点：流连于熟谙的习惯和紧急境况中的人，难望拥有彻底的自由，遑论像我这般工作的人，必须抛头露面寻求支持，并对自己的工作随时提出说明。我们的文明确实已演绎出一套保护个人隐私的绝佳制度，但生活在众目睽睽之下的人却不在保护之列。

我所要的不只是地理意义的隐私。我希望深入裨益人心的哲理，而随着"前进基地"周遭环境的变化，我发现这里是个机会。在南极冰盾之上，在宛如地质更新世①的荒寒暗漠之中，我应该有时间研读、思索和听听留声机；而且在约七个月的时间里，远离尘嚣，只剩下最单纯的消遣，我应该可以率性地生活。除了寒风、暗夜和酷寒所加诸的需要外，毋需仰人颜色；除了服膺自己的准绳外，毋庸屈从他人的律法。

我是持此看法。也许不止于此，事隔多时，我已不太确定，或许我心中也有尝试更波澜壮阔的生活的欲望。我成年后的生活大部分是在航行，而从事飞行的人一旦降落便命运注定。在航行和探险间发生纷扰时，通常是间接找上他，多数已因管理

---

① 地质时代第四纪的早期，距今约二百六十万年至一万年。

机制之便而淡化及化解，到了纷争须作最后裁决的时候，往往是几小时，乃至几分或几秒钟，便迎刃而解。我要前往的地方，在身心两方面应该都可以依靠自己的力量。因为"前进基地"坐落之处的情况，与冰川时期第一批人类在曙光微明中摸索前行的光景并无太大不同。

南极危机四伏是众所皆知的，但就当时我们所知，风险并没有大到无法承受的程度，否则身为极地探险队队长，负率领大队人马的重责大任，我是不会去的。结果我几乎性命不保，证明我当初的估计有误。然而我并不后悔走这一趟。因为我总算看了书，虽然数量不像原先估算的那么多；我也听了留声唱片，虽然只是平添伤感；我也沉思冥想，虽然结果不如预期的那么愉悦。这些都是很好的体验，而且是我个人的体验。此行始料未及的是，我发现祸福无常，一个人如何濒死未死，如何不愿就此一死。这也是我个人很好的体验，因为这种体验在缓急之辨和人际关系上的帮助，远非他种经验所能比拟；更令人惊讶的是，它已贴近一般人不甚了解或不太笃定的开悟境界。

独居基地招致误解

我抱着这种心情出发，因为有部分人士对我独居"前进基地"的理由有所误解。的确，有些人质疑我是否有权利这么做。本来"自反而缩，虽千万人，吾往矣"，别人怎么想应该不是太大问题，其实不然；我发现，别人在报纸头条上放言无忌，偶尔还是有不小关系。一旦上了头条，你便会赫然发觉真相不止一个，而是两个：一是你从事实中得知的真相，一是大众或高度想象的大众习焉而不察的真相。真正参与其事的当事者往往听不到第二种真相，倒是他的亲朋好友听得真切。我刚好是数则广为流传的有关"前进基地"真相的当事人；天知道还有多少蜚短流长，但这些几乎都是未经证实的传言。其一是我被自己的手下放逐，另一个则是我远走异域是为了避人耳目，大喝其酒。若在往日，这些传言定会令我震惊莫名，甚至雷霆大怒。现在不会了。

有一则可能使我踌躇的批评，已由我探险队的朋友查尔斯·J. V. 墨菲化解。我启程前往"前进基地"之前，请他和副队长托马斯·C.波尔特博士会同代为处理我的事。我一直等到确实安顿下来后，才以无线电将个人独居"前进基地"的声明传回美国。声明中只简单地说，我想去，于是就去了。我的朋友接到消息后反应不一。之后的四十八个小时，无线电报涌到"小美洲"，其中大部分是发自见识素为我所敬重的人士，揆诸他们的立场，我必须说，他们所言极为公允。不过在深深同意他们之余，有三个疑惑，或者说有三点是我断难苟同的。他们几乎是命令般地敦促我三思，说我此行对自己固然肯定会不得善终，对群龙无首的"小美洲"那五十五人，可能也会有不测的后果。某大地理协会的会长警告说，若是"小美洲"于我不在期间出了任何差错,那么我将令誉蒙尘,肯定比当年诺毕尔[①]不待手下脱身便先行离开破毁的飞船更为严重。有位银行家朋友更坦言,我的想法纯属卤莽恣意,结果必然是:若刚愎自用则必有不测后果,但若为逃避后果而撤销决定,则无异于自取其辱。

这些直接转给我的电文都交给了查尔斯·墨菲。冬夜将临,寒气日甚,他本已焦头烂额,又得为我的事烦心。他知道我和美国的这些人情谊深厚。他给每个人的回电都说,我前去是别有深意;拖拉车已由"前进基地"返回"小美洲",若再折返对别人恐有相当危险;他认为,我已铁了心,决计不会回头;以及,由于我的心理负担已经十分沉重,是以有关我一干好友惊惶失措的事,他无意以无线电通知我,以免治丝益棼。因此,这些电文到了"小美洲"就存档,等我十月回来再作打算。结果我回来时已是三月,中间隔着黑暗凄寒的六个月。

当然,这些事当时我全然不知。幸好如此,否则我毕竟还是有人性的,至少不想被朋友误会——我还没这么大的架子。墨菲通过无线电和我通话的时候,始终开朗欢悦,从不提发生了什么事;再者,我不想知道这些事,因此也一直没问我这些朋友有何感想。当然我早料到必然会有些批评,但我已破釜沉舟,除了继续前行外已无能为力。至于倘若墨菲把这些电文转

[①] 诺毕尔(1885-1978),意大利航空工程师,北极飞行的先驱。

给我，我是否就会回心转意，则不是我所愿意回答的，否则就是愚不可及。后见之明往往可杜撰出种种代偿和动机论，如今我重提旧事，唯一的用意只在表明在"前进基地"确有若干误解，以及一旦有人想做点不同于流俗的事，必然会有种种牵绊阻碍。

"前进基地"构想成形

"前进基地"的原始理念来自我的第一次南极探险，也是个人对极地气象情有独钟的副产品，花了四年时间策划才终于有成，绝不是卤莽恣意的结果。一支组织健全的极地探险队可以替各种不同的科学效劳（上次探险我们总共服务了二十二个科学部门），其中对一般人最具实用价值的莫过于气象学。农人靠作物维持生计，一般人靠这些作物填饱肚子，投机客下注买卖农作物，实业家的工厂则须仰仗农人的购买力，上述各种人以及海上水手等，乃至偶尔在假日外出一游的观光客，无不跟气象息息相关，但很少人察知极地气象其实已深深影响各地。

大部分人都对单循环理论略有所知：冷气流不断地从两极流向赤道，热气流则在其上呈反方向流向两极，冷热气流不断更新交流便形成地球的呼吸。至于两极对气候的影响程度至今仍属推测，若干权威人士甚至夸夸其谈，认为两极分别为南北半球气候的真正塑造者。后者的想法形成了雅各布·比耶克内斯①的两极锋面学说,以两极冷气团,即所谓极锋,进入赤道热气团时,两者互动所产生的效应,来解释大气循环现象。

极地气象学知识虽是启蒙长期气象预测不可或缺的一环,但我们所知其实仍极为有限。而且,由于取得更多有关大气循环一般法则的必要性,探险队队长的首要任务便是负责招募人才,充实气象小组的工作人员。大部分探险队都极力尽此义务,成果却乏善可陈,因为南极科学调查迄今不到半个世纪,就气象资料而言,大部分的知识出自十余支设备完善的探险队之手。

就一片估计有四百五十万平方英里的大陆而言,这不是什么大不了的表现。至少在我看来如此。在第一次南极探险的过程中,我便深深地感觉最宝贵的气象资料资源仍原封未动。现存的资料大部分由设在南极沿岸或邻近海岸的内陆定点工作站所搜集,利用船舶探勘附近水域,或是研究装备不足的田野调查队趁着夏日匆匆赶到内陆探勘所得。就气象学的观点来说,南极内陆的资料可说是一片空白。定点工作站不曾深入内陆,冬天的观察不超过沿岸一带,而雪橇队所搜集的零星资料也仅限于气候温和的夏月。然而,不受周遭海洋影响的南极内陆却是地表上最严寒的地区,要看典型的大陆气候情况应该在那里,我打算设置的"前进基地"也应该在那里。那儿是气象产生之地,以类似"前进基地"这样的工作站所搜集的资料,配合同

---

① 雅各布·比耶克内斯(1897—1975),美籍挪威气象学家,大气锋面学说的奠基人之一,对现代气象预报影响很大。

时在"小美洲"所搜集的资料，必然对了解极南高纬度地区的大气现象有极大帮助。为何像我们这个对科技如此灵敏的文明社会，居然会坐视破坏力强大的暴风发生，未能早在遥远的暴风中心酝酿之际，预先充分提醒文明地区的人？就在不久之前，美国气象局局长威利斯·R.格雷格预测，在极地建立机器人观察基地，可将数据以无线电传回低纬度地区各观察站，如此一来，气象专家便可观察主要冰斗的气象活动情况，从而绘出气象图。

只怪我自己没想到这一点，因为"前进基地"的用意本来就是整个极地观察站系统的马前卒，唯一不同的是，操作"前进基地"的是有血有肉的人，而非不为严寒、黑暗和记忆所动的机器人。我们的原始计划着实蛮勇过人。在与当时（以及第二次探险时）队上的资深气象学家比尔·海恩斯进行初步讨论时，我并不讳言这一构想有点投机。换句话说，若是我们能办到，那可是大事一桩。最后，我们决定的目的地是毛德皇后山脉的山脚下。尽管已敲定目标，我们还是发觉自己也许太过逞强：只能仰赖拖曳车拖着几公吨的补给，横渡大约四百英里且巉岩冰隙密布的"罗斯冰盾"，而拖曳车在冰盾上的能耐如何，只能凭想象和老天保佑。

总而言之，这个计划所蕴含的风险绝对不假，特别是在心理层面。凡是起意想在这种地方落脚的人，必须认命且能耐得住大自然最酷寒的气温、宛如月球黑暗面一般暗无天日的长夜，以及举世没有任何力量可以解除的至少半年的孤立。对抗寒冷，探险家有的是简单而不虞匮乏的自保之道；对抗各种意外——由孤立衍生的最严重风险，探险家可凭天生的机智和手段应付裕如；但要对抗黑暗，就只有靠自尊心了。

在我们设想的这种观察基地上，风险比一般极地基地要大上千倍，困难重重。由于能送到的补给数量极为有限，基地所能容纳的人数也极少。这些人将簇居在深埋于雪地中的小木屋里，狂风和酷寒使得他们每天出门待不了几个钟头，至于我们了解的所谓"变化"，虽是人生少了它便觉难以忍受，但在这里毫无容身之地。全组人马恪守的是铁定不变的例行公事，周复一周、日复一日、时复一时，日日周而复始，即使在间歇期，生活形态也毫无差异。户外全无生气或变化，人人只能深入自己内心找寻滋养的原料，这些隐含的自我滋养虽颇有哲学意义，滋养程度却需视全组人马如何挨过这种试炼，且不致彼此心怀怨怼的能耐而定。

我的构想是，由三个人操作这座基地，最好是两位气候观察员和一位无线电操作员。运送补给到南极内陆极为困难，三人已是上限；另一方面，基地生活的风险，特别是基于心理健康层面的考虑，却又强力主张不得低于三人。三是个典型的数字，就好像三脚架一样，三个人可以彼此平衡。比起两人，三人可以无限增加调和的几率，因为从人际关系的本质来说，其中一人可随时充当中立法官或上诉法院的安定角色。时时面对两种层面和个性，不像只有两人时，始终只听到一个人的声音，看到一个人的脸孔，面对一成不变的习惯和个性。

在这种情况下，两人为伍要不了多久就会开始互挑毛病。而且，不管他们有意还是无意，这都是不可避免的，因为单调的日常工作结束之后，无所事事之余就唯有彼此较劲。不是故意，也没有恶意，但总会有彼此无话可说的时候，到这时，对方念头未起你已知梗概，对方得意的构想变成无意的胡扯，对方吹熄油压灯或把靴子放在地上的样子，也变得令人厌烦。这种情况即使是至交也在所难免。住在加拿大林地的人都很清楚，设陷阱捕兽的搭档因何会拆伙。有鉴于此，我一开始就决意"前进基地"不应是两人小组。

据我所知，即使在"小美洲"，也有铺友因怀疑对方的装备塞到自己分配到的空间而互不讲话；我还知道，有位仁兄除非能在拥挤的大厅里找到一处角落，让他看不见那位每口食物都得肃然嚼上二十八次才咽下的弗莱彻派人士[①]，否则就食不下咽。在极地营区里，类似这样的小事却是威力非凡，足可将有修养的人逼到发疯边缘。我初到"小美洲"的那个冬天，就陪一位老兄散步了好几个小时，此人与至交因细故而产生"被害妄想症"，正处于想杀人或自杀的边缘。因为无处可逃，围绕你的不是自己的格格不入，就是同事的压力，唯有像动物冬眠时靠自

---

① 指奉行美国营养学家霍勒斯·弗莱彻（1849—1919）主张、认为细嚼慢咽有助于消化的人。

身的脂肪维生般浸淫于知性中的人，才能自得其乐而撑过来。由三个这样的人组队，"前进基地"应该不是太难熬的地方。总之，我个人作此推论。

万般设想构思计划

第一次探险归来后的几个月里，这构想不断地挑战我的想象力。既然挥之不去，我便郑重地研究实际可行性。一九三三年底动员进行第二次探险之前，我们开始着手筹划。其中一人是陆战队派给我的维克多·泽格卡士官长，另一人是保罗·赛普尔，两人都在第一次探险时效过力，知道有哪些问题需要解决。泽格卡的任务是设计日后充当基地的小木屋，赛普尔则研究和搜集必要的材料，由细木工师傅艾弗·廷勒夫在波士顿一处阁楼上实际动手造屋。一九三三年十月，第二次探险时的旗舰"雅各布·鲁珀特"号从波士顿出航时，秘密运来了设计精巧的组装式三人小木屋，以及四部拖曳车，以便将"基地"运到内地。

除了海恩斯、建造者和我，船上的人丝毫不知这小木屋作何用途。经验告诉我，筹划再周详的计划早晚都得再经极地的雕琢，因此我很少提到它。此外，关于操作基地的三人小组，虽然我有不少人选，且其中好几位是在我初次逗留"小美洲"时就对他们的为人有相当了解，但我仍未做出实际决定。在这一万五千英里的航程（就我们所走的路线而言）里，有充裕的机会可以考虑和衡量可能的人选。至于我自己，时间和环境自会决定。起先，我甚至认为无权将自己列入名单。在景气萧条声中整治探险队，当然会债台高筑；此外，我麾下有两条船、四架飞机和一百人，抛下责任的可能性不高。但从另一方面来说，若连领队自己都不准备冒险，如何让别人去冒险。

前往"小美洲"途中险象环生

有关前往"小美洲"漫漫长途上的点滴，我想，《探索》刊出本人大致说明探险经过的故事中已有充分的叙述，我不宜再着墨太多。出了"小美洲"东面人迹未至的海岸，进入冰雪皑皑、白雾迷离的海洋之后，我们终于在一九三四年一月十七日驶进鲸湾，初见对我们研议中的活动有深刻影响的骇人冰雪风貌。虽然损失不菲，且碎冰仍然堵住广袤的湾口，但我们总算把船推进到距"小美洲"只有三英里之遥。三英里是指贼鸥飞行的距离而言，其实在这中间，沿着海湾东岸还有一道宽约一英里的压力冰带，在深堑坎坑处，惊涛与碎冰滔天，流水汹涌深及三百五十英寻（一英寻为六英尺）。未曾见过压力冰的人，无从想象那是何等情况。压力冰把我们阻隔于"小美洲"之外，使我油然想到暴风肆虐海面时，浪头与波谷落差四十英尺的光景。若只是如此，情况可能还不算太糟。然而波浪和海潮不断拨弄着底部冰层,咔嚓呼啸之声此起彼落,今日瞥见一处可安全横渡之地,明日却成了大海堑。利用飞机和雪橇进行探勘之后,我们得出黯然的结论:即便狗橇队也无法安然前往"小美洲",遑论是拖车。事实上,当我看到雪橇队带回探勘绘制的路线图是一条长约七英里、危机四伏的道路之后,差点就彻底放弃"小美洲",打算在鲸湾西岸另建新基地。

为避免在鲸湾对岸另建主基地,我们所走的正是这条路线。这条路我们虽已名之为"痛苦小径",其实仍有低估之嫌。整整两个月里,我们每天二十四小时都在船和"小美洲"之间踽踽而行,随时变换路线以因应瞬息万变的流冰状况,遇到大冰罅时还得搭起浮桥强渡。有几天,一路陪伴我们的只有子夜太阳悠哉游哉横空而过,接着气候转暖,打起赤膊也无妨,一百五十条雪橇狗则难耐热意,加上雪地变得松软,雪深及腰,群犬只能蹒跚而行。不过,大部分时间都不是这种情况。雪暴呼啸而来,雪花漫天漫野,原本沿着中途站标旗、凭着感觉前进的拖车司机和雪橇夫,因飞雪阻碍视线颇有行不得之苦。终日蒙蒙白雾,且鲸湾之雾是轻淡和轻佻兼而有之,跟我以前所见大异其趣。呈乳白色的雾持续不断,使得飞雪和大气转化成比例极度扭曲的平面,旅人行走其间,有仿佛走在怒海底层般的诡异之感。

有关"痛苦小径"的点滴就此打住。至于我们如何把六百五十吨补给拖进"小美洲",在《探索》中已有巨细靡遗的叙述，不过各位在阅读章句之余，可能无法感受到我们那种全然的疲惫。这疲惫使得人人出去办点事都步履蹒跚，不知何时抵达目的地、因未眠而眼睛布满红丝、顶着寒风而身体麻痹，途中不得不颓然而返。尽管如此，多日之后，船还是开动了。然后，有天晚上，远方地平线下太阳乍现，之后，太阳隐现的时间一晚比一晚提前。不久，"痛苦小径"廓然洞开，接着重建和重新进驻"小美洲"，在宛如已历千年之后，我终于有时间考虑"前进基地"的事了。可是这时考虑已嫌太晚，因为三月已至，冬日逼近，再过不到六周的光景就是永夜，而我周遭的人至此几已心力交瘁。

前置作业意外丛生

这时，历经艰辛运来的"前进基地"小屋就兀立在"小美洲"中央。通风和暖气设备已由赛普尔负责测试。现在我有时间再慎重斟酌，不消多久便达成结论，不管这基地小屋最后安置于何处，总之不会是在毛德皇后山山脚或附近一带。一则是时不我予，时序已入三月，温度直落到零下二十、三十乃至四十度[①]；三月间，南极田野调查队通常赶在永夜来临之前打道回府。再则，我们赖以运送基地小屋的四辆拖曳车几乎已毁在"痛苦小径"上，必须彻底整修才能派出到罗斯冰盾上。这趟

---

① 本书中温度均以华氏度计。

路，狗是派不上用场的，因为精壮的狗群已经跟英尼斯-泰勒队长出去探路打底，以备下一季南部探险活动；再说，就算留下的狗群状况尚可，也无法独力拖运建基地所需的七吨材料和储备用品。

飞机或可充当运输机，但在福克机①于试飞时坠毁之后，只好彻底放弃这个念头。能承载重物的飞机只剩两架，一架是双引擎的"神鹰"，另一架是单引擎的"朝圣者"。我不能动用"神鹰"，它要是有个三长两短，整个探险计划便会毁于一旦。至于"朝圣者"，我原打算用来运送些较轻巧的物品，但算上飞行人员的紧急配粮和装备，以及安全汽油存量之后，能装机的数量实在微不足道，也没有多大用处。尽管如此，若不是天气转坏，我很可能会让它物尽其用；飞行员试飞返航时，迷失在茫茫白雾中，差点坠机，我们花了一整天才找到他们。有了这次经验，我决定不拿人和仅有的一架可作后勤任务的飞机来冒险。

所以，"前进基地"小屋要出"小美洲"一步，势必得靠拖曳车。至于拖曳车能走多远，就得看德马斯除整修一辆因失火局部受损的拖曳车之外，多久才能修好引擎和履带，我个人倒是不怎么乐观。三部购自法国的"雪铁龙"拖曳车已经在横渡"痛苦小径"时证明，它的马力绝对不足以负荷夜以继日行走在

---

① 安东尼·福克（1890—1939），荷兰飞行员、飞机制造商，发明螺旋桨空隙射击装置，第一次世界大战期间为德国制造了四十余种型号的飞机，战后致力于设计和研发美国民航机。

罗斯冰盾上；第四辆是美国产的"克莱特拉克"，马力较大。这四辆拖曳车都有粗短厚重的缺点，尤其是重达六吨的"克莱特拉克"，对冰罅更是一筹莫展。

因此，不管我个人怎么看待，此行都是一大冒险。这是首次尝试在南极操作自动车装置，自不免遭遇到开路先锋者会碰到的所有凶险。没有人知道，引擎在零下六十度的环境下能否发挥作用，雪地表面因极寒而使粗砾化为细沙，履带要如何滚动前行，乃至拖曳车是否过得了冰罅区。我认为，车队若能南行二百英里，已无异于神迹，所以我只求一百五十英里便心满意足，只要不会对人员造成无谓的折腾，里程数再少些亦无妨。

不过，我们连在前置作业准备时也不得安宁，每当回想起出发前的种种事故，我不免思忖，我们是在尽可能压低"永久伤害"的情况下启程。无线电主工程师扬·约翰·戴尔从四十五英尺高的电线杆上摔下来，除了脚胫擦破皮之外，居然毫发无伤；领航员罗森因喉咙感染链球菌，不得不动手术。接着，空中摄影师佩尔特得了盲肠炎，这意味着得在因医生疏忽而致人仰马翻的情况下，匆匆再开一次刀。医生撞翻了油灯，收藏手术用具的贮藏室失火，所有人手紧急动员抢救仪器，以及困在隔壁小屋的十二个原本在睡觉的人。这起事故前一天，那架福克机在全营众目睽睽之下坠毁，四名乘员惊骇莫名地从飞机残骸底下爬出来，所幸都没有受伤。

这种种有丧命之虞的事故纷沓而至，令人应接不暇，使得原就被"痛苦小径"折腾得疲惫不堪的神经更为紧绷。我们随时得准备因应变生肘腋。在这种氛围下，有一天，我们贸然得出一个可怕的结论："小美洲"正处于裂解边缘，随时可能脱离南极大陆，变成小冰山，漂进罗斯海。

"小美洲"其实是建在重叠冰层上的小城。这重叠冰层厚三百英尺，孤悬于罗斯冰盾沿海地带，有些地方冰崖绝壁拔地而起，高出海平面足足有一百五十英尺。罗斯冰盾幅员极广，部分悬浮，部分立在深海的海底礁层和沙洲之上，其余部分则与南极大陆相连，面海部分长达四百英里，向内陆延伸则直抵毛德皇后山山麓。这块陆地肯定不是固定的。事实上，它是一条巨大的冰河，宽幅足以覆盖美国大西洋岸，此外，它也具有冰河的特性，不断地往海洋方向漂去。极地平原巨大冰河流经山口产生的推力，使得沿岸地带有向海洋凸出的倾向，一旦凸出的冰棚重量无法负荷，或是无法承受潮流和风暴的压力时，剥露部分便会断裂分离。

漂流南极海上的巨大冰山群于焉诞生。我们目睹这些大陆崩解的产物。在穿越"小美洲"北角和东角远方的"恶魔坟场"途中，我们一天所见的冰山就不下八千座，其中不乏长达二十英里的。我想，我们一辈子都不会忘记"恶魔坟场"的光景：暗无天日的耗损冰川[①]走廊；偶见轻淡，但终年不消的云雾；狂

---

① 指因消融、蒸发或崩解所形成的冰川。

风呼啸声中，偶闻冰山在暴风中倾覆，声势尤为惊人；裂解的冰块比当今世上各式船舰都要大，在氤氲暗漠中四处漂流。船行其中遇此巨变，犹如一个迷途的人，前途茫茫，只能摸索着迂回而行，后有追兵但难窥其全貌，只见巨大魅影吞云吐雾。轮机房的电报声终日不断，几个月之后，我们知道这是不可避免的，有些人已能不受影响，照样睡得香沉。那一区段所产生的冲击是，我们醒悟到，"小美洲"本身可能沦为北面那些有如幽灵船一般的浮冰，而这一发现就足以让我们疲惫全消，因为"小美洲"距岸边不过四分之三英里。

自从我们一月间抵达此地之后，鲸湾上的新冰和海湾冰就以空前的速度裂解。到了二月底，依经验理当结冰，岂料却是裂解加速；压力冰开始松动，随之而去的是固定冰盾板块的凝合力。"小美洲"周遭出现大裂罅，裂口与日俱增，夜里万籁俱寂之际，偶尔可感觉到小屋底下的冰面，因着数百英尺以下的地下冰层搏动而微微起伏。凛冽北风显然难辞其咎。海浪拍岸无日或已，使得旧冰崩裂，新冰旋生旋断。一日，我和资深科学家波尔特博士开着拖曳车，沿冰盾脊部东面和北面而行，但闻地面六十英尺下的海水汹涌，声若雷鸣，而且至少有一次我们一停下车，就听见远处传来轰然巨响，一大块冰盾就此断裂。

我们着实担心，因为真的不知道会发生什么事，且一旦真的出事时更是毫无遏阻之力。于是，我采取非常举措：召集越冬队全员到餐厅开会，说明实情，请他们一一就应采取何种措施发表意见。结果，基于"小美洲"可以再撑下去的假设，我们决定继续待下去，同时把三分之一的备用品移到东南方约一英里外的冰盾高处，万一"小美洲"不保，就近还有个栖身处，存粮也足够撑过一个冬天。若是"小美洲"无恙，我们要搬回来的东西也不至于太多。接下来几天，我们抛开一切，忙着把汽油、煤、食物、衣物和其他装备搬到避难营地。事不宜迟，为加速搬运，我还命德马斯把拖曳车从修理房开出来，勉强先派上用场。

这番举措跟"前进基地"的命运息息相关。已浪费的时间无法追回，但如此一来，人人都弄得益发精疲力竭。岂料造化弄人，结果却是白忙一场。我们刚料理妥当，不多时海水退潮，冰层裂解停歇，随即冻凝。

疲惫不堪的拖曳车人员，继续准备作业。二月十五日午夜，在汽油火光的照明下，"前进基地"小屋拆卸完成，分段堆在两具拖曳雪橇上。次日下午，四辆拖曳车鱼贯开出"小美洲"，每辆车各拖着一排雪橇，上面堆置着食物、燃料、气象观测器材、书籍、衣物、工具，以及在这除了空气可供呼吸外别无一物的地方人类生存所需的所有用品。拖曳车前方是一条穿越罗斯冰盾正中央的生命线，长一百七十八英里，是英尼斯-泰勒的南队探查和插旗为号，以利回程返营的路线。

这队人马共有九人，包括赛普尔、在波士顿造基地小屋的木匠廷勒夫、担任联合指挥的朱恩和德马斯。朱恩和德马斯两人都很乐观，我则不然。望着雪橇车队缓缓爬上南面雪白长坡，我心中只有忧虑。虽然堆在护舷上的雪橇有不少，仔细盘点一下却发现还是不够维持三个人，除非能在冬夜之前再搬一趟，否则"前进基地"的作业计划势必大幅更动。我心中虽这么想，但仍采取静观其变再做决定的态度。

第二章
三 月

决 意

之后,拖车队传来的无线电报告纷沓而至,但绝大部分是令人沮丧的消息。严寒、冰碛①和雪暴,使得车速降到最低挡,新雪又使得车子戛戛难行;南行至"小美洲"约二十四英里处,两辆拖曳车差点掉进突如其来的冰罅区里;行至五十英里处一个叫"罅谷"的碗状洼地时,罅顶坚度虽足以让英尼斯-泰勒的狗橇队安然通行,却不足以承受负载重荷的拖车,因此车队不得不绕远路向东而行。艰难行至离"小美洲"六十七英里时,"克莱特拉克"完全停摆:曲轴杆因极寒而变脆断裂,车队又未携带修理工具,不得已只好弃置道旁。"克莱特拉克"无法继续前进,车队的载运量也就少掉了一半;朱恩和德马斯尽量将物品分配到另外三辆拖车,继续南行,但尽量向南推进的机会已

---

① 为冰川和冰层所搬运的难以分类的岩石和岩屑成层的沉积物。

然不再。朱恩报告说，另三辆"雪铁龙"拖车，也都多少有些机械故障：发动机乃至零件全部磨损、散热器漏气、抗冻剂不翼而飞，驾驶只得灌雪保持散热器运转；有部拖车丢了车头灯。

我很清楚，他们所面对的困境绝非简短的无线电报告所能形容于万一。"小美洲"的雪橇夫最讨厌不遵守传统做法，谑称他们此行是"轿车探险队"。不过，就"不方便"的角度来说，除了雪橇和拖曳车这两种方式外，我们其实没有多少选择余地。拖曳车速度较快，载运量较大，当然，你还可以坐在车上探险。但拖曳车载运本身也有极折腾人的地方，更何况引擎一停，曲轴杆、车尾和变速器内的润滑剂就冻得跟橡皮似的，用火把缓缓融开，往往得花上好几个小时，叫人等得甚为心焦；把结冻的汽油从油管里吸出来；以炊具装雪，待雪融后浇灌散热器，但散热器像筛子似的直漏；戴着厚实的连指手套，无法处理精密零件，徒手又恐手指脱层皮留在机械上；恍如坐困在移动的小屋中，随时得提防倾颠，而重达数吨的罐顶呼噜地响，又仿佛在提醒你，一踩上便会折断。

即便是挑剔的领队，对血肉之躯的一般人，也只能要求到这个地步。三月二十一日傍晚，拖车队到了距"小美洲"一百二十三英里外，一处由英尼斯-泰勒南队沿途所设置的补给站。几乎在此同时，英尼斯-泰勒只剩一天的狗粮，在酷寒和雪暴的报告声中，从南方北上。于是我决定，到此距离已经足够了，就让"前进基地"小屋安置在距离"小美洲"经线很近的南纬八十度零八分、西经一百六十三度五十七分的补给站旁。气象学家认为，这一段距离已足以做气象资料比对。我指示朱恩明晨回头去接运"克莱特拉克"上的物品。这时，他落脚的地方温度已降到零下五十二度。

当晚，就在朱恩抵达和离开南纬八十度零八分之间，我心中已经有了决定。"前进基地"必然只能容纳一个人。拖曳车故障，太阳弃我们而去的时间只剩不到一个月，无论就运输工具还是时间来看，都无法依原计划储存三个人所需的用品。我依旧排除留下两个人的念头，理由一如前述：简言之，就是基于两人难以脾性和谐的逻辑。其实，要是留下两人小组的话，我自己都不敢去，因为在另一人眼中，可能有一个人会变得很暴躁，而这个人很可能就是我。恨人或是被人恨，恐不免会变成堕落经历，在心中留下"该隐"的痕迹①。己所不欲，勿施于人，我自己既有如此强烈的感受，当然不好要另外两个人去冒我不敢冒的险。既然只能留下一个人，那就是我自己了，且不说别的，我实在不好叫部属担下这份差事。

至于让"前进基地"小屋弃而不用，这念头倒是从不曾有过。尽管我们未能如气象学家所愿再往南行，但这次探险行动策划已久，又吃了不少苦头，我当然不会轻易放弃。再者，正如我开宗明义所说的，这是我衷心企盼的机会，是我一得知有

---

① 该隐是亚当的长子，杀害其弟亚伯。此处指暴戾的痕迹。

此可能时便心向往之的历练。此外，我可能比其他人更适合处理这份工作，也是原因之一。"前进基地"出自我的构想，更是我一手催生；"前进基地"小屋的一切，从绝缘材料到双动活板门设计，莫不是匠心独运之作；戴尔教我使用无线电，使我获得充分的基本信息可以与主基地保持联络；气象仪器大部分是自动的，何况海恩斯还教过我怎么使用。

至于实际的生存问题，个人忝为探险家，早有自立求生的能耐。这话倒不是说，我跟梭罗隐居瓦尔登湖畔小屋时一样，准备自己盖屋子、架烟囱、测量土地和自己做铅笔。我也曾自认灵巧，但事实大谬不然。不过，我虽不才，在"前进基地"小屋上的若干即兴之作，比起学富五车的实验家，乃至才华横溢的巧匠鲁宾逊，倒也不遑多让。

我彻夜料理个人的私事。这事说来简单，其实不易。此去就要跟日常生活用品和正常作息断绝得干净利落，无可转圜。我也有忧心不安的时候，特别想到万一有什么不测，家人该如何是好。单是这一点就足以让我沉思再三。至于把五十五位弟兄丢在"小美洲"无人领导的道义问题，我倒是一点也不放在心上。我手下的军官早充分了解我不在的时候他们该怎么做。我们从午夜一直讨论到黎明。结果，我赋予资深科学家波尔特博士副指挥官的头衔综揽大局。他体格魁梧，虽然习于安详的大学校园生涯，但具有务实判断与知性平和的特质，要统领这一批喜欢自称为行动派，仿佛这样就可以为自己的卤莽脱罪的弟兄，正是不可或缺的特质。

　　波尔特手下是一批见过大风大浪的老手，知道怎么照顾自己；至于新手，"痛苦小径"的磨练绝不是别种经验办得到的。搭配他们的是跟随我多次探险的核心干部。助理副指挥官海恩斯和德马斯已经是第三次从事极地探险；执行官诺维尔战时在邓南遮麾下服役，曾任航空邮政局长，跟我一起到过北极和横渡大西洋飞行；幕僚长朱恩曾和我一起飞越南极；副驾驶鲍林服役海军十六年；英尼斯-泰勒曾在伦敦空战之际跟齐伯林①鏖战，也曾替加拿大皇家警察探勘育空河；赛普尔是科学家，也是路队队长；彼得森是一流摄影家、无线电专家和滑雪好手，在前几次的探险中数度大显身手；另一位出身海军的冯·德·沃尔深谙大西洋海战，鲍伯·扬则是英国海军退役，曾参与北欧日德兰海战；罗森虽然年纪最轻，但已四次深入北极，算是老手。其他人的背景多少都跟他们一样。

　　我可以放心把"小美洲"托付给这些人，一则冬夜通常静谧安详，人人都全心为来春活动做准备，没有人在外头，而且地底无雪暴和严寒之虞，生活还算安逸。再则，我打算通过无线电跟他们保持密切联系。因此，我除了给波尔特一些特别指示外，并不认为有拟定一套复杂规定的必要。我对全营的最后指令主要是宣布指挥权分配，还不满三张打字稿纸。命令中只

---

① 斐迪南·冯·齐柏林（1838—1917），德国工程师、飞行员，曾参与普奥和普法战争，是齐伯林飞机的设计和制造者。

是吁请大家努力工作、保护储备用品、遵守安全规定和严守纪律。我在最后说道："本营每位弟兄都享有一视同仁、公平待遇之权，这一点，军官尤须谨记在心。就某种意义上说，身份之别是原始的……在文明社会里没有阶级差异。在国内是什么身份，在'小美洲'都不计较，在国内一事无成的人，在这里有一展所长的机会，只要遵守规定，善尽职责，不管职位如何卑微，绝不会以此来评断……"

启程前往"前进基地"

这道命令是在三月二十二日早上，我要飞往"前进基地"之前才拟妥的，我自己没有时间发布，是在我离开之后才由别人代为宣读。跟我同寝室的诺维尔帮我收拾些个人用品：几十本书、一个六分仪、几个经纬仪、一套朋友送的上好皮草飞行装、一副刮胡刀组、留声机唱片，以及一些零星杂物。没有送别仪式，因为伯德探险队向来不搞这一套。厨子开朗地嚷道："将军，别忘了，'前进基地'没有阶级之分！"

在"朝圣者"拖曳车上的鲍林和贝利甚是焦躁。此时温度是零下四十三度，还在持续下降；热油刚灌进引擎，马上就冷却。我还记得，启程时我看了下手表，时间是早上十点三十五分（第一百八十子午线时间）。鲍林似是跟我有同感，打转车子，在"小美洲"绕了一圈才往正南方而去。我细细浏览。若说我这一生中创造过什么独特的有形之物，那就是孤悬于鲸湾东侧高原之内，迤迤逦逦、喷着白烟、半埋在雪地中，名叫"小美洲"的小城了。只消看它一眼，便足以让我精神大振。再进驻的作业已接近尾声，这一方面毋须我再操心。

匆匆回头北望，证实我所料不差：罗斯海已经冻结到地平线那一头，因罗斯冰盾进一步裂解危及"小美洲"的顾虑已然不存。"阿蒙森湾"后方，鲸湾蜿蜒曲折至"小美洲"南面，也就是我们所走的拖曳车路线，拖曳车履带在洁白无瑕的冰盾下所遗留的波纹状痕迹清晰可见。每隔三分之一英里就有一面橘色路标旗，每隔二十五英里有个雪堆指向标，雪堆上插着竹竿，一面橘色大旗招摇，东西方向各连着一排三角旗和燕尾旗。这些路标相当于南极的路边摊和路牌，是英尼斯-泰勒储存备粮，以便来春大规模活动之用的储物站。到了六十七英里处，鲍林缓缓驶过抛锚的"克莱特拉克"时，仍在忙着修理引擎的德马斯和希尔从帆布帐下爬出来，跟我们挥手打招呼。不多时，地平线一个黑点越来越大，一堆营帐赫然映入眼帘，这就是"前进基地"了。

"前进基地"所在的罗斯冰盾，犹如堪萨斯大平原般，只见皑皑白雪一望无垠，在遥远天边与一弯绵延不绝的地平线歘然相合。此地是一片广袤荒漠，也可以说是无尽的创造原料。簇拥在广漠之上的营帐、拖曳车、狗群和人，不过是沧海一粟。虽然这些景象都是我久已熟谙的，但直到此刻我才醒悟自己所为何来。在即将展开危险任务之际,我想,即使最没有想象力的人,看见悬而未解的预兆纷至沓来,必定也会了然于胸。不管是什么兆头,我还是决定暂时抛开。英尼斯-泰勒和赛普尔上前跟我寒暄,鲍林则巴不得尽快上路,以免寒气冻住了引擎。十五分钟后,飞机升空,排出的蒸汽好像一面大旗缀在飞机后头,在飞机隐入暗淡低悬的太阳里之后,久久未消。

"小屋的进度如何?"我问赛普尔。

"很慢。"他说。我看看他和上前跟我打招呼的人,但见一个个冻得脸色发黄,毛皮头罩下龟裂的嘴唇,绽出怏怏的笑容。

"大伙儿都还好吧?"我问道。

"除了布莱克以外,大家都还好,"英尼斯-泰勒说,"他膝盖受了伤。不过,如果你不介意,而我们又能尽快架起小屋的话,我想在一两天内把我队上的弟兄撤出这里。"

"再说吧。"我说。不消别人告诉我,我很清楚英尼斯-泰勒的心思。他跟手下三名弟兄佩因、龙尼和布莱克已经冒着零下五十几度的气温,在路上待了三星期之久。我想,他们在低温下吃尽了苦头,大部分是由于睡袋拉链故障。睡袋里结了冰。有一段时间,他们连小睡几分钟都不可能,躺在地上又有冻毙之虞。鉴于他们回"小美洲"还有五天路程,于是我答应英尼斯-泰勒,除非有绝对必要,否则我不会耽搁他的行程。这不单是因为他们,也考虑到拴在营帐附近的二十四条狗。

朱恩跟六名弟兄和两辆拖曳车已经上路去接应"克莱特拉

克",基地小屋的基础工程可用的人手有八个人:英尼斯-泰勒跟他的三人小队、我自己、赛普尔、廷勒夫和拖车队的彼得森。在我抵达之前,他们已挖好一个长十五英尺、宽十一英尺、深八英尺、足可容纳小屋的大坑。碰到凸起的物体时,极地狂风和冰碛就会以不逊潮水的速度在周遭堆积,基地小屋以这种方式深入地底,正可避开风雪。

幸好,基地小屋的设计极易于迅速组装。廷勒夫和赛普尔铺设地板部分,我则指挥全局。架起墙壁很简单,只要把标有号码的部分组合,再以螺丝钉或大钉固定即可。我们唯恐晚上会吹起雪暴,把坑口填死,于是便拼命赶工。午后温度降到零下五十度以下,几个人的呼吸在坑内形成氤氲雾气。我们不时地打量彼此的脸孔,看看是否有惨白的冻疮痕迹。"你鼻子开花啦,彼得森。"有人说。原本毫无知觉的彼得森赶忙脱下手套,忍着刺痛捏捏鼻头,待血液带着椎心刺痛流进受冻部位才住手。他说了声"乖乖",便继续工作。

我们虽是拼命赶工,但到了五点,夜色从南极疾掩而来时,屋顶还是没能盖好。这时,温度已降至零下六十一度。我们借着防风灯的光线及手提式汽化炉的热度继续赶工,不多时,煤油结冻,火光倏灭,我手上的手电筒也因为电池结冻而熄灭,四周一片漆黑。廷勒夫跌跌撞撞地在储物箱里摸索,找到了朱恩留下的两盏喷灯。借着喷灯微弱的光线和脚边微微暖意,我们埋头继续工作。

如此拼命工作，实已近乎残酷，但我们总得先有个栖身之处才能睡个安稳觉。廷勒夫的手套结满了冰，一脱下手套锁上螺丝帽时，我看到他手上尽是肿胀的黄色水泡。正在组装暖炉的赛普尔也是同样的情况，得脱下手套包住螺丝钉，再慢慢转动；他的双手浮肿，我一再看到他咬着嘴唇强忍痛楚，下巴不断地往头罩下缩以便借体热去寒。佩因的头盔跟脸孔看起来像是一堆硬冰块。龙尼的嘴唇龟裂流血。大家都不住地咳嗽，不为寒意难耐，而是因为工作时深深呼吸，超寒的空气令我们的肺部饱受折腾。

说这是苦工绝不夸张。我从坑底爬出来，到储物箱里找一套气象器材，正在摸索的时候，鼻头和脸颊立时冻僵。我站起身，摩挲一下脸庞。坑道四周蓝影幢幢，喷灯冒烟袅袅而升，众人哈气成雾，在摇曳灯光中盘旋而上，这光景不由得令我想到《神曲》中"晨星之子"所到的寒冰地狱。黑暗中传出低声呻吟。我伸手到罩头皮大衣胸前口袋摸出手电筒，推开开关，但是毫无动静，电池仍然结冻。数十道充满渴望的饥饿眼神一齐朝我望来，暗夜中只见狼犬不安的身影。我的心在淌血，它们在铁链所及的范围内四散，只能坐在雪地上等候，但我除了告诉自己应尽快让英尼斯-泰勒北返之外，对它们一点忙也帮不上。

小屋的单扇门朝西——就我记忆所及，这完全是为了适应已经挖好的坑穴，小屋不得不朝西，并没有特殊的原因。这坑穴挖得很宽，以便容纳配合我所谓的"阳台"——西缘屋顶凸出墙外二英尺，便于连接地道系统和设在凸角处可以利用梯子上去的活动板门。恕我不客气地说，这道顶门是十分巧妙的双动式设计，可以向上推开，碰上冰碛堆积太厚时，只消移开两根支架就可以拉下。泽格卡初次示范时就嚷道："你瞧，将军，这门可以推上拉下，这下可不必担心被大雪暴活埋啦。"

我们安好屋顶的时候，已是凌晨一点左右，气温是零下六十三度。由于好几段在从"小美洲"运来的途中扭歪了，组装起来极为费事，原本设计为跟冰筒一样斜面密合的大门，非但无法上栓，往后我独居"前进基地"的七个月当中，甚至无法顺利关上。此外，对坑穴深度估算错误，使得屋顶无法跟地表齐平，反而凸出足足有两英尺之多，也使我颇为担心。如此一来，一旦碰上冰碛就麻烦了。不过，既已无法补救，我也就不予理会。赛普尔已经把暖炉架好生起火来，虽然隔了许久才把寒意完全驱出小屋，我们还是喜不自胜地下来享用炉子散发出来的微微暖意。没多久，英尼斯-泰勒不经意地提起，他的一条腿好像冻僵了。果不其然，他一脱下羊皮靴，我们都看得真切。我用双手轻轻帮他摩搓，但是完全无效。用雪摩搓的"迷信"在南极不管用，因为在零下六十度的低温下，雪花已经变成坚硬的结晶体，摩搓起来简直跟砂纸无异。在这种情况下，我们用的是极地旅人都很熟悉的法子：我记得好像是佩因吧，解开衬衫，让英尼斯-泰勒把脚伸进去，靠着他温暖的腹部，约

十五、二十分钟后，血液恢复流通，但刺痛使得英尼斯-泰勒的额头冒出冷汗。

组装小屋清点物资

当晚，英尼斯-泰勒、佩因和龙尼回到距屋顶只有几码的营帐休息之后，我们五人各自把睡袋摊在"前进基地"的地板上。炉火一熄，寒意便席卷而来。"你准会冻死在这地窖里。"彼得森在睡袋里开朗地说道。我久居"小美洲"木屋，深知个中奥妙，只要寒意一驱，屋里其实是十分舒适的。这座小屋跟手表一样精巧，虽然体积超过八百立方英尺，总重却不过一千五百磅；为了便于运送，小屋和屋内一切设计都尽可能用质轻的材料。除了屋顶和地板是用上好白松之外，其他大部分是空心建料。墙壁只有四英寸厚，内墙和外墙各以厚八分之一英寸、由两片厚纸板夹一片薄木板所组成的三合板保护，夹层之间塞着状若棉花的木棉，充作绝缘隔热之用。内墙贴有绿色防火帆布，天花板和墙壁上段则是铝质，以利反射光线和热气。这些泽格卡都记得很清楚，这一晚是我第一次在"前进基地"过夜，不免也想到这是他跟廷勒夫的辛劳成果。

第二天早上，拖曳车哔哔的喇叭声把我们吵醒，朱恩和德马斯已经把"克莱特拉克"上的物品运回来了。细想他们在广袤的罗斯冰盾上彻夜赶路，情绪仍然如此高昂，不免令人啧啧称奇。

"这老爷车简直就快散了，居然还走得动，真是不可思议。"乔伊·希尔说。

"他的意思是，车停了居然还能再开动，"斯金纳接口说，"每回引擎一熄，你都以为这下完蛋了，但只要耐着性子豁弄一番，铁定会再转动起来。"

虽然他的口气诙谐，但这消息却令我不安。回"小美洲"这一路上，即使顺利也是困难重重，揆诸目前令人难耐的气温，机件故障使得探险队近五分之一的人马困在半途的可能性极高，也是我极难接受的。只消看看他们的模样，就不难想见他们历经了多少苦楚。他们一个个像稻草人似的：防风裤破破烂烂，上头一块块结冻的油渍，虚飘飘地挂在腿上。只消看看他们的双手，尤其是德马斯和希尔，便已不言自明：手皮因不时地接触结霜的金属而皱缩剥落，指甲乌黑烂去，脓肿水泡汩汩流着血。

朱恩和德马斯倒是看得开。"我一点也不担心，"德马斯说，"若是运气好的话，我们可以在离开这里二十四小时后，把三部拖车安然开回'小美洲'。""小美洲"有很多帮手，再说，还有英尼斯-泰勒小组的人马殿后，应该不致出什么差错。尽管如此，这状况却不是我所乐见的，因为这时节在南极生死安危只是一线之隔。"虽然天寒地冻不适于上路，"我说，"我还是希望你们都在四十八小时内离开这里。"

其实，现在只剩一项大工程：挖凿两条地道，一条存放燃料，另一条放粮食和杂物。地道在阳台对面的末端，向西呈平行开挖，有十四个人帮忙，花不了多少时间。两条地道各长约三十五英尺、宽三英尺，高度足可让我直立走动。食物地道在南面。我们挖出地道，用雪堆成二点五英尺厚的拱形屋顶，再将食物盒一一叠起，堆在两边壁龛内，标有记号的一面向外，一眼就可以看出盒内装的是什么。地道尽头挖个坑充当厕所，用彼得森的话来说，这间厕所最大的特色是"一览无遗"。接着，我们把一桶桶燃料滚进另一条地道，同样堆在两侧壁龛处，再以粗纸盖在木板上，用雪块压住。至于其他的储备用品，则从便门丢进阳台。

我跟赛普尔约略检查了一下丢下来的东西，种类之多着实令人称奇：三百五十支蜡烛、十盒固态酒精片、三支手电筒、三十副电池、四百二十五盒火柴（安全蜡封）、两盏煤油灯、一盏三百烛光气压灯、两个睡袋（一个皮草制，一个凫绒毛制）、两盏汽化煤油炉。此外，还有一张折叠式椅子，附有拖车队弟兄慷慨捐赠的气垫、九枚燃烧弹、一个灭火器、三个铝制篮子、两个洗物槽、两面镜子、一份日历、一张防火小毯子、两支烛台、两把用来刷掉我衣物上雪花的衣刷、三打铅笔、一只塞满了卫生纸的五加仑罐子、四百张纸巾、一盒图钉和一盒橡皮筋。另外还有两令稿纸、三箱肥皂和洗衣板、一个热水瓶、两副纸牌、四码油纸、石棉数片、两包牙签。总计食物储备包括三百六十磅的肉、七百九十二磅蔬菜、七十三磅浓汤、一百七十六磅罐装水果、九十磅干果、五十六磅甜点,以及包括谷物在内的主食约半吨。除了这些,还有其他林林总总,不可胜数。

大伙儿忙着把储备用品堆进地道和小屋时,韦特则把长约两百英尺的无线电天线架设在四根十五英尺长的竹竿上,午后二三时完工后,接着安装无线电发报器和接收器。我在赛普尔的协助下,亲自安装为数不少的气象观测仪器。"乖乖,"达斯廷沉思片刻后说,"我这双老腿早告诉我,这儿冷得慌,用这些仪器查可费事了。"

第二天,也就是三月二十三日,"前进基地"大致就绪,可以担负起全世界最南端气象观测站的任务。当晚,我们为预定隔天早上北返的英尼斯-泰勒小组饯行,由于这是难得的欢聚机会,他们纷纷劝我把食物储藏柜里的上好佳肴拿出来飨客:粮补官科里认为,逢到节日时我也许会想打打牙祭,好心献出一只火鸡和两只鸡。鸡肉结冻,硬得像铁板似的,但久经阵仗的拖车队弟兄早有所备:用喷灯解冻,然后公推英尼斯-泰勒为大厨,指挥大局,以五具气化炉料理起来。九个人盘腿坐在地板上,另五个人没地方坐,便站着吃起来。从这些雪橇驾驶员吃得差点没噎着的模样判断,比起他们近一个月赖以维生的浓汤,吃点鸡肉想必胃口大开。"吃点能填肠果腹的东西,就是不一样,"佩因说,"队长,我这第三次下筷,要的是鸡脖子,希望我看见的不是你的脏拇指。"

饯别队员归队"小美洲"

岂料,这场饯别晚宴为时过早。当晚,寒气中东风呼啸,我们醒过来时已转为雪暴,五十码外便一无所见,而且零下二十八度下的,寒风如利刃,绝对不可能启程,于是英尼斯-泰勒决定再待一天。这一夜与前一天一样,十个人睡在我的小屋里:廷勒夫在桌底下,布莱克蜷缩在炉子后面,韦特趴在我床底下,朱恩在角落里坐着睡;其他人在睡袋里睡得跟木乃伊一样沉,从靠墙的地板这一头排到另一头。我一辈子也忘不了这一晚。这些客人打呼声震天价响,终于使我落荒而逃。我出了小屋,决定上去瞧瞧雪橇队的情况。

雪暴渐歇,但风势仍强,在浓密的冰碛中,手电筒只是一束微光。不过,我可以听见营帐这边噼啪作响,宛如怒海中扬帆一般。我循声摸索前进,不一会儿就到了营帐区。佩因梦呓连连;光线落在英尼斯-泰勒眼皮上时,他咿唔一声扭过身去;龙尼却睡得很香。我拉上袖口状营帐出入口,正在系紧皮索时,蓦地有个声音传来,使我倏地站直身子。风中透出尖锐亢奋的嗥声。嗥声又起,这次是和着风声,而且是众声齐鸣。当然,是雪橇犬在叫。

我跌跌撞撞地找上前去,只见雪橇方向杆直立于雪地上,狗群三排平行排列,每排各自在栓索所及范围内散开。我穿过浓雾，一走近，狗群立刻安静下来。大概是知道周遭还有人，使得它们大为放心吧。我摇着手电筒，顺着栓索走去，发现每只狗都蜷曲着身体，背向风面，鼻头顶着肚皮，周围堆着冰碛。这时节还让它们待在罗斯冰盾外头，似非民胞物与之举。然而，它们必须等到天气稍有改善才能上路。风势陡息，刹时间，冰碛骤缓，我一抬头，只见满天星斗。不错，天气可能大有改善。果真如此，明天早上南队就可以动身北返。

佩因手下带头的雪橇犬杰克大概也料到了。它倏地站起来，抖去背上的积雪，紧接着就听一声飘忽的噪声响起，霎时，二十四条狗一齐站起来，同声噪叫，噪声响彻罗斯冰盾，但这噪声不是哀嚎，而是充满了热切的渴望。不错，明天真的可以上路了。

三月二十五日，星期日，天清气爽，凄寒依旧。"唔，果然盖满。"廷勒夫从便门瞥了一眼后说。屋顶上堆了一英尺厚的冰碛，天花板上三个小天窗透入微光。这时温度计上的标示是零下四十八度，韦特说："他们还在赖床。"英尼斯-泰勒终于动身。当天稍后，德马斯、希尔和斯金纳开着一部"雪铁龙"拖曳车上路，再去抢救"克莱特拉克"，留下朱恩、赛普尔、韦特、彼得森、布莱克、达斯廷和两部拖曳车。他们留下是为了善后。韦特完成跟"小美洲"联络的无线电测试，赛普尔则在修理炉子。气象观测仪器已经开始记录风速和温度。终于，星期一中午，朱恩在午饭时揶揄说："该做的我们都做了，还有很多东西我认为根本不需要打理,所以,该是我们离开的时候了。"他言简意赅地处理极地礼仪问题,虽只是三言两语,却没有一句废话。

大伙儿站着吃完了午饭之后,拖车组员就准备动身。这时,气温是零下六十四度,两部拖曳车都半埋在冰碛里,我们花了好大工夫才把车子清理出来。即便是用喷灯烤曲轴杆,又用帆布罩盖住底盘以保住暖气,还是花了两个钟头才发动引擎。一行人在五点左右试着出发,两个小时后又败兴而归。我正在地下小屋内,听见雪地震动的声音,不免心情大坏,因为我实在很希望他们这会儿正往"小美洲"进发。不过,他们回到小屋内,提起途中发生的事故,我顿时了解他们做了最明智的选择。刚走到三四英里外,朱恩那部车的散热器就冻住了;朱恩在旋开盖子检查时,一只手被喷出的热汽烫伤,另一只手则在处理伤势时冻伤。因此,他决定回头,利用小屋内的暖气疗伤。他们待了一夜,各自和衣而睡,但引擎始终开着,并由韦特和达斯廷彻夜照料。"要是引擎一停下,我们可能整个冬天都得待在这里。"德马斯嘟哝道。我无心回去睡觉,跟着这两个人一起守候整夜。

三月二十八日,星期三,响午时分,拖曳车再次上路。这次,他们没有再折返。就某种意义上说,这次分手就像催周末做客的人走一般稀松平常。该说的话早就说过了。事后想起来,离开"小美洲"之后唯一让我挂心的是,我在指示中提到万一无线电故障,千万不要为我劳师动众,可能说得不是很坚决。我再给"小美洲"的这道命令是这样:"我对无线电所知不多,很有可能会暂时,甚或是永远失去联络,但各位不必为此操心。切记,不管出了什么事,我在这间小木屋里比你们在冰盾上奔波舒服多了,因此,我严令在太阳回来未满一个月前,千万不准来找我。我对罗斯冰盾怀有永恒的敬意,实不欲因我个人的行为,而使各位在冬夜期间有所不测。"为了强调这绝对是由衷之言,我在他们启程之前再三提醒。

赛普尔和韦特待别人都上了车,仍然在磨蹭。他们大概有什么话想说,可惜还没有机会开口,就有人不耐烦地嚷道:"喂,上路啦。"先是赛普尔,接着是韦特,嘀嘀咕咕说了句告辞的话,便匆匆走开,但说些什么却听不真切。

我站在活动门口,目送两部"雪铁龙"拖曳车离去。红色引擎盖,加上圆顶车篷,构成一幅愉快的画面。朱恩往北直向中午的太阳驶去,但见太阳又大又圆,低悬空中,直叫人误以为是落日。在凄冷的空气中(零下五十度),车子排出的废气宛如烟幕般袅袅升起,又被柔柔北风吹散,直到东面地平线渐趋暗淡。我下到小屋内,打算检查风速记录,但这只是自欺欺人,其实我根本没有心思工作。这大概是我成人以来,唯一感到怅然若失的时刻。小屋本来明亮欢愉,这会儿却全变了样。我一时冲动,全然没有时间感到不好意思,便冲上便梯。为什么自己也不知道,大概是想再看一眼能走会动的东西吧。虽然拖曳车早已远去,但哔哔的喇叭声和嘎嘎的履带声在清冽的空气中却清晰可闻。

我怔怔地望着,一直到声音完全消失,一直到逐渐远去的黑点永远消失在冰盾小丘后方,一直到只剩下逐渐退去的烟雾。

烟消云散之后,世界顿时化为一片苍茫。太阳暗淡,对面的南方天空之上,已然深入极地的夜色,仿佛巨影般向前推进,靛蓝的天色仿佛暴雪欲来。我所见到的莫非是极光乍现?我不敢确定,而这时我的鼻头和双颊已差点冻僵,只得匆匆下来,没有时间一探究竟。就在我走下楼梯的时候,有件事倒是可以确定的,这件事也使我怏怏不乐。我在帮拖曳车队安装雪橇的时候,不慎摔倒而扭伤了肩膀,右肩这会儿正疼得厉害。

负伤整理"前进基地"

我在屋内揉着肩膀怅立良久。我暗骂自己太差劲,正要展开生平第一大事,却笨手笨脚把自己弄伤了。东西仍是一团乱,地道里堆满箱子和燃料桶,得花上好几个星期才能清理妥当。在拖曳车队的弟兄们眼中,无疑已经井井有条了。他们见惯了车子乱七八糟,整理自己的屋子也不过是把东西踹到一旁而已,只要有可以蹲坐的空间,他们就满意了,但我在"前进基地"可不能这么过活。怎奈几乎有一半需要重新整理,而我又只有一条膀子可以抬、搬和推。

我不能坐困愁城。我尽可能用一条膀子整理自己的蜗居。我埋首在工作中,渐渐忘记肩膀疼痛,也忘了时间,一直到过了午夜,才想到要住手。我停下泡杯茶,吃几块脆饼。一天忙活下来,虽没有什么足以骄人的,但我终于可以在地道里走动,不致绊到帆布袋、食物罐和几捆做路标用的竹竿。明天把书籍和医疗用品放在就近方便的地方,稍后再整理食物和燃料地道。不过,最重要的责任还是照料目前已顺利运转的气象仪器,每隔一个小时我就抽空去查看一番,希望能就此养成习惯。我已经以只对好朋友的温煦、心照不宣的眼光看待它们。

忙完一天之后,我仔细盘算一番,眼中所见倒是挺不错的:在三四步就能从这一头走到那一头的小世界里,稳当且完备的生存所需用品全在触手可及之处。这儿不算挺亮,挂在床头的风灯灯光昏暗,天花板上悬着一盏油压灯,光线只集中在一点上反而灯影幢幢,似乎使得室内更为黑暗。但这朦胧增加了景深,室内好像也变得更宽广,倒是颇合我的兴味。

我的卧铺固定在北面墙壁上,床头靠着东墙,离地约有三英尺,床脚有张小桌子,摆在桌上的是个有玻璃外壳滚轮和指针的记录显示器,会自动记录风向鸡和碗状风速计所得的风向和风速,记录器下方有干电池以驱动滚轮和指针。对面东南角上有个三脚架,摆着无线电发报器和接收器主机,旁边连着一具电键。发报器结构轻巧,包括一具由戴尔亲自组装的五十瓦特自动振荡器,由重量仅有三十五磅的油动式三百五十瓦特发电机驱动。接收器则是标准型的超外差式接收器，上头有个比较小的架子，摆着紧急无线电装置，包括两个手动式十瓦特发报器，以及两个小型电池驱动式接收器，续用时间各为一百小时左右。这些是备用器材。在这个架子上方还有个更小的架子，用来摆放无线电器材的零件。

正确地说，东面墙壁从床头到无线电角落，共有六个架子，低层摆的是食物、工具、书籍及其他杂物，上层则放置仪器和经纬仪，有些还用棉花包着尚未开封。南面墙壁钉着三英寸长钉，挂着我的防风裤、套头外衣、羊毛袜和长裤，中段有食物箱，上面有个绿色旧盒子，装的是手提式维克多牌唱机。西南角的地板上有口箱子，我称之为冰箱，因为东西一摆进去就可以保持冷冻。至于其他的杂物，还包括两条家母送的弗吉尼亚火腿。

在门口和自记气象仪之间，距西面墙壁约三英尺的地方有个炉子，是一般的双门、燃煤、列车用炉子，只不过我们在网架上加个圆形的炉膛和一个三加仑的油料罐，改成油燃式炉子罢了。油料是干洗溶剂汽油，汽油纯度介于煤油和汽油之间。至于以液态燃料取代煤，纯粹是因为煤料体积庞大，不易运送。烟囱接着炉子，直上到距天花板约两英尺的地方转个弯，沿着墙壁接到床脚上方的排气管。我们把烟囱管做此安排，原以为可以发挥类似散热器的效果，可惜因为临时凑合而弄巧成拙。有两三段烟管在从"小美洲"运送到"前进基地"途中遗失，备用的烟管尺寸又不同，我们只好拿几个五加仑的空锡罐，两头剜开当接头。这一招虽然颇具创意，但接口处气密性极差。这个简陋、看来还不令人讨厌的暖气装置攸关个人生死，在往后几个月里差点害我送命，我却浑然不觉，有时我不免怀疑自己怎会这么笨，如此显而易见的东西我居然熟视无睹。

暖气和通风设备从一开始就有问题。在"小美洲"时，我们做了六个星期的"试车"，当时，墨菲和赛普尔忍不住就抱怨说，一进小屋就被烟熏得很不舒服。这是个警讯，因为当时小屋仍在地面上，通风条件应该比地下更佳。查出这个"毛病"之后，我立刻找机师做了个新炉膛。在"小美洲"那一个月，我住在小屋里还很顺利，但到了"前进基地"之后的第二夜，彼得森在屋内待的时间一久就觉得头疼恶心。不过别人都没有异状，于是我认定是他自己反胃使然。如今，由于烟囱管接头不够严实，益发可以明确地感觉到，空气中的确弥漫着一种古怪的、令人不舒服的油烟味——燃油炉特有的气味。不过，赛普尔跟我都笃定地认为通风系统可以化解油烟所造成的危机。入气系统有个U形管凸出屋顶外约三点五英尺，向下沿着西墙穿到小屋底下，然后从地板上的排气口穿入屋里。屋里的U形管用方形隔热枕木包着，从屋子中央升起，开口距天花板一英尺左右。这种设计理念是基于屋外的冷空气经重力作用流入屋内后，在天花板附近和热空气混合，因而形成自然流通的作用。至于排气，则是由一根穿入屋顶的三点五英寸镀锌铁管处理。

我很想把排气口加大，但一想到狂风的吸力作用很可能会把炉子排出的有毒油烟直接吸入屋里，就不敢造次。

如果说这是祸根，起码在我独居小屋的第一夜并不明显。相反，我觉得抽排作用很不错。我把手放在排气管末端，可以感觉到废气稳定地排出。

独居第一夜

凌晨一点左右，我在就寝前到地上稍作浏览。夜色苍茫，满天星斗。我从不曾见过这么多的星星，好像一伸手就可以将这些亮晶晶的石头掬个满怀似的。方才一轮巨大红月爬上北边天空，如今已经不见，星光处处，而由南十字星为枢机，水蛇座、猎户座和三角座为斗杓缓缓运行，我心想，这大约就是水手所见的天空了。这天体运行的光景令人见了便心生欢喜，而这些星星、星座，乃至自转不息的地球，都是我的。如果说安详和兴奋可以并存不悖，那么，我独居此间的第一夜，大概就是这种感觉了。

不错，情况应该会大好。一个人在这里不需要世界——绝对不必拘泥于一般的礼俗和习以为常的安全保障。坚如白金的冰盾就是一个世界，而我仅走过其中极小一部分。这里仅有属于我的东西，有无线电天线的十二英尺高的风速计标杆上，缀着银制的风向鸡和铝制的碗状风速器、保护着温度计和气压记录器的蜂巢状百叶罩，以及凸出于屋顶外的通风管和排烟管。我只需走两三步就可以一览无遗，但在漆黑的夜里，旅人可能在二十码外路过而浑然不觉。然而，这不是已绰绰有余了吗？我突然醒悟，人世中的纷扰，有一大半是由于我们不知道自己真正需要的其实少之又少。

总之，我虽然跟一般遵循常规的人一样讲究规律井然，但这一晚却丝毫不怀念千篇一律的声音和骚动。我关上炉子活门，熄了火，脱了衣服披在椅子上，光脚一碰到地板，我不禁心中暗骂一声，趁冷风尚未袭身之前，赶紧跳到对面打开通风口，再钻进睡袋。一开始睡袋还很冷，这是由于积存着人体湿气的关系。我耐着性子等睡袋转暖，一面按摩肩膀和四下摸索，确认手电筒在身旁，以备万一夜里起床时使用，一面想着家人是否安好，以及明天早上要办的事。不过，百转千回终究记挂着现今正往"小美洲"途中的拖车队人马，我不免责怪自己让他们在此待太久。

纷乱思绪中，陡然心头一惊。我已盘点过所有的装备，就是不见食谱和闹钟。"不妙！"我叫道，这是车队离开后我第一次开口，宛如晴天霹雳般回荡不已，差点没让我摔下床来。精心策划、细心检查所有细节、再三核对，居然会忘了这两样稀松平常但不可或缺的道具。我有三个经纬仪、一只手表，所以计时不是大问题，但我担心的是早上八点要起床做气象观察，而今冬夜将临，一天二十四小时几乎全无变化。至于食谱，倒

第二章 三 月　　47

是不一定需要。真的……但也许不然。我穷索枯肠，就是想不起除了在厨房里做过火腿蛋、在营地做过牛排或在路上煮过浓汤之外，还做过什么精致的餐点。文明的都市人惯于受人服侍，但探险家至少习于野营炊事——我得在饿死与逐渐在三餐谷片和罐装腌牛肉造成的神经错乱之间做一选择。托天之幸，还好不缺开罐器。科里准备了十几支，分散收藏以免有所闪失全部丢光。

我自问，既是如此，何须为此小过劳心蹙思？奢华自恣本非美德，何况我拥有的有用之物毕竟还不少。想到三十五英尺外食物坑道边就是厕所，而自己又肾脏健康，我感到宽慰不已。

第三章
四 月

Ⅰ：大块孰为主

独居"前进基地"四个半月间,我保留了十分完整的日记。几乎每天就寝前,我都会坐下来,巨细靡遗地写下当天的点点滴滴。不过,四年后重读这些记录,我却赫然而又愕然地发觉,实际形诸笔墨的情绪和情况,大致不出头几天的范畴。因为之后我好像一直不得空。虽然我每天八点以前就起床,很少在午夜前就寝,但每天都好像还有一半的事没做完似的。忙得晕头转向之余,自然不太有耐心去记录自传式的琐事。兹举两三例如下:

三月二十九日

……昨夜写完日记后,我突然注意到地板上有黑点从炉子底下漫出来。燃料管严重破孔漏气。我唯恐有引发火灾之虞,赶忙关上炉子,到处找备用管,却怎么也找不着,使我颇为懊恼。不过，我从医药柜里"借用"胶带，总算顺利地堵住漏洞。结果我一直熬到凌晨四点，火已熄，加上零下五十八度的气温，大半时间都在极冷中度过。结冻的金属管使我三根手指都脱了皮。

（稍后）今天是罗伯特·法尔肯·斯科特[①]船长逝世二十二周年，我重读他不朽的日记。他死于纬度与"前进基地"大致相若的罗斯冰盾之上，是少数几位我尊敬的人之一。也许我比大多数人更能了解他所经历的……

三月三十日

除非知道拖曳车队安然抵达"小美洲"，否则我无法心安。我自责让他们在此地耽搁太久。唔，两天后预定无线电联络时间一到，疑惑便可豁然而解。我主要还是忙于修复地道，但因肩伤进展不太顺利；我心焦如焚，但不是由于肩膀疼痛，而是全使不上力之故。至今我还只能以臀部为支点，设法以单手处理大量的冰碛……

三月三十一日

……没有闹钟而要起床，可非同小可。这也令我猜不透，

[①] 罗伯特·法尔肯·斯科特（1868—1912），英国军官、探险家，曾两度率队探险南极，比上文所提的阿蒙森晚一个月抵达南极，可惜归途死于暴风雪中。

因为我向来只要在心里设定时间，要几时起床就能几时起床，几乎分秒不差。我天生有这本事，奔走全国各地巡回演讲时，从旅馆匆匆赶火车的紧凑行程中，从无差池。现在大概是太在意的关系，这本事反而不见了。夜里，我躺在睡袋里喃喃告诉自己：七点三十分，七点三十分该起床，七点三十分。岂料还是错过了——昨天晚了将近一个小时，今天早上晚半个小时。

没多久我就发现一件事：在"前进基地"的生活节奏要规律化，靠的不是天气，而是气象观测仪器。我有八个持续运转的仪器，一是前面说过的自记气象仪，不断地记录风速和风向，由九个干电池驱动，连接杆顶风向鸡和风速计的电路；记录纸的铜制滚轮靠钟表装置转动，得每天上发条；记录纸上的线条间隔配合时间，每五分钟一格，而在两条线之间有两支细笔，各代表风速和风向，固定记录当天到隔日正午之间的变化。

另两个仪器是记录室内和室外温度变化的温度记录器。所谓室内温度记录器是十分新颖的发明，最大特色是可以放置在小屋内：一根装满酒精的金属管从屋顶伸出，因管内酒精的缩胀作用，可以使墙上挂着的表面刻度纸盘上的指针上下移动。这刻度盘就在紧急备用无线电上方，盘上分二十四辐，代表二十四小时一转，同心圆则代表度数，可精确记录到零下八十五度。精巧的室外温度记录器作用相同，只不过是安置在百叶箱内，而纸盘只须每周更换一次。

除了这些仪器之外，在食物坑道还有一个装在皮盒里的自动记录式气压计、一支湿度计（不过，在低温环境下不太准确），以及一支最低温度计，借由酒精的冷缩作用将管内的细针拉下。之所以用酒精而不用水银，是因为水银在零下三十八度会冻结，纯酒精则在零下一百七十九度仍可流动。这个仪器可以用来核对温度记录器的数据，安置在顶门附近的百叶箱内，有四个脚架支撑，约与肩同高，百叶箱四面为复合板，间隔一英寸，空气可以流通，又可防止冰碛飘入。

即便我有以一家之主自居的妄想，很快也会消失无踪。这些仪器才是主人，我不是，加上我对仪器所知不多，使我益发谦卑。我每天的生活，几乎每个小时都奉献给它们，不然就是从事与它们相关的观察。

每天早晚八点，我必须爬上屋去看最低温度值，然后猛摇温度计，以便让细针流动。接着，我会在顶门上站五分钟左右，端详天空、地平线和冰盾，登记下云的密度、湿度或亮度，冰碛量，风速与风向（目视记录器），以及任何有趣的气象现象。这些数据都一五一十地填入美国气象局的一〇八三号表格。

每天十二点到一点之间，我都得更换自记气象仪和室内温度记录器上的登录纸，笔和墨盒须随时加充，温度记录器也得上发条。星期一则轮到室外温度记录器和自动记录式气压计，过程大致相同。

首次用无线电与"小美洲"联络

四月天从复活节这一天开始，带来了风和雪。东南风刮起漫天冰碛，也使气温在一天内从零下四十八度陡升到零下二十五度。三月严寒过后，这虽不是很舒服的天气，但绝对比较温暖。早上十点，我初次尝试用无线电和"小美洲"联络。我鉴于自己全无经验，以及为了使联络顺利，最起码设法让对方了解我的意思，不免大费周章。为的是，万一真有什么闪失，很可能就会跟"小美洲"失去联络；我不担心自己，而是替探险队全体着想。尽管我已三令五申，他们也都答应会服从命令，但我心知肚明，要是"小美洲"久久没有联络上我，他们肯定会不顾命令和自己的承诺，而一旦"小美洲"采取行动，结果很可能是一场可怕的悲剧。越是知道自己的通讯能力事关重大，越是担心自己不懂而坏事。虽然戴尔教过我怎么修理，韦特也示范过如何操作，但每次一看到那些复杂的管子、开关和电线，我总不免提心吊胆。我对摩斯密码可说是一无所知，幸好"小美洲"那边可用无线电电话交谈，我倒未必要解读专业操作人员不断发来的点线密码。不过，回答时必须用密码，我很怀疑自己是否有此能耐。

我在预定时间两个小时前就已准备妥当。驱动发报机的油动式发电机摆在食物坑道中段壁龛里，坑道中有个六英寸通风管通到地表上。既然会产生油烟，当然不可能拿到小屋里来发动,不过为了先给引擎驱寒,我把引擎提到屋里,摆在椅子上,移近炉子,放了将近一个半小时之后开始滴水,我赶忙加进汽油和润滑油混合液,再提回壁龛间,趁金属还没转冷之前,依外挂引擎的发动方式,以一根一端附有木柄、另一端打结的绳子转动曲轴柄。绳结套进小飞轮内的V字槽,沿着飞轮绕了几圈后使劲一拉。那天早上一发就动,时间将近十点,我赶忙再把它提进屋里。

接收器调到一百米。开关一开,真空管全亮,仪表板显示一切正常。我等了五分钟左右,待管子热开准备好。十点整,我戴上耳机,立刻就听见戴尔清晰而变调的声音说:"KFZ呼叫KFY,这里是KFZ,呼叫KFY,请回答。"我好像见习飞行员第一次单飞似的,紧张而又兴奋。我切入发报器,键入:"OK,KFZ。安好。队上可好?"这是我努力想拼出的意思,但这点线长短音在我看来跟阿拉伯文无异,既混乱又陌生,拼到一半连我自己也忘了要拍些什么。

不过,一会儿墨菲传来消息说,"前进基地"小组和英尼斯-泰勒小组都已安抵"小美洲"。"全员平安。"他接着说。聊了几句之后,他问:"你那儿还好吧?"

我大受鼓舞,接着拍出更详细的回答:"很好,很努力。此地风速三十英里,下雪,可能还会起暴风。"

墨菲吃吃地笑起来:"我想约翰早料到了。此地还没下雪,但东风带来了不少冰碛。"

这次联络只持续了二十分钟,同时敲定日后联络的时间:周日、周二和周四早上十点,若是错过了固定时间,每天同一时间亦可紧急联络。关机前,墨菲说:"戴尔给你这次处女作的成绩是 D-,不过,我倒是认为你的成绩应该更高些。"

我回了一句:"没错,我是南纬八十度首屈一指的无线电操作员。"

当晚,我在日记里写道:"……拖曳车队和英尼斯-泰勒小组安抵'小美洲'使我精神大振。这是个好消息。经过数月的努力和焦虑之后,'小美洲'与我终于可以准备过冬,只要我们都依照常识行事,应不致有不测之祸。我可以自由评断本身的状况,尽可能善用这种体验。此刻我有较往日更深的领悟,这正是我日思夜盼的。我必须承认,我感到悸动莫名。"

此刻我可以暂时放松,迎接即将来临的狂风。二日星期一,转东风之后,风势稍强;星期二,风向转北,风势更劲,气压计探底;我万分好奇地盯着自动记录式气压计的紫线直落:十六个小时之内,急降三分之二英寸,到了午后五点半左右,紫线滑出记录纸右下角。室外气压计最后降到二十七点八二英寸,若室内气压度数也降到这个程度,则可预见必有较佛罗里达风暴更强烈的飓风[①]。惊天动地的狂风在空气中酝酿。风刮着

[①] 标准海平面气压为 29.92 英寸汞柱,一般地表附近的气压是随高度增加而递减。曾经记录的最高和最低海平面气压分别为 32.01 英寸(在西伯利亚中部)和 25.90 英寸(在南太平洋台风中)。

屋顶，风向鸡嘎嘎急转，最后变成呜呜之声，冰碛从入气口飘进来，堆了一地。我上屋顶做最后一次观察时，强风急骤害我差一点推不开双动顶门，而冰碛急灌而下，令我喘不过气来。

不过，这种气压异变只是声势吓人而已，其实在高纬度地区无足为奇，第二天早上我查对一下风速记录，发觉昨夜风速并没有超过每小时三十五英里。四日星期三，仍是风声呼呼，气压依旧攀升。这一天，我发现燃料坑道的篷顶因冰碛堆积而凹陷，帆布则在支撑的厚木板间鼓出，且有两块板子不见了。我唯恐整个坑道会坍方，凭我一条胳膊势必无法在下一次雪暴来临前清理坑道，于是尽可能地以箱子和二乘四英寸的木条撑起篷顶。狂风之后的寒意会带来新雪，堆积在坑顶硬桥间。为了加快工作进度，我花了好几个小时用炉子融雪，再倒在较薄弱的地方。这时室温是六度，比起我已习以为常的三月间零下六十度，可以说是很暖和了。不过，寒风依旧冷入骨髓，我的鼻头和两颊冻得隐隐作疼。我忙着以炉子融雪，没有吃点热食果腹，当晚就寝时已是精疲力竭。

四月五日

今天早上，我一醒过来，从风声便可判断风势已歇，不过冰碛仍然从通风口和烟囱飘进来。我忙不迭穿好衣服，匆匆爬上楼梯，准备进行早上八点的例行观察。我用没受伤的肩膀去顶双动顶门，顶门文丝不动。我虽然睡眼惺忪，冷得发抖，却依旧使劲往上顶。门板还是一动不动。这时我突然想起它双动的特征，赶忙拆下支撑的钉桩，使劲往下拉。这招也不管用。我踹开梯子，左手吊在把手上，全身晃荡，顶门还是不动分毫。这可严重了。我一松手，落在阳台地板上，茫然失措中，陡然一个念头掠过脑海：这回你可被困住了，你跟双动门都"卡住了"。

我拿起用绳子拴在脖子上的手电筒，从阳台一大堆杂物中找出一根二乘四英寸的长木条权充撞击器，左手持棍，右手平衡，垂直捣了十五到二十分钟，终于撞出一点裂缝。我站在梯子上，用背部去顶门板，好不容易顶开一道刚好容我钻出去的出口。一到地面上，我立刻就知道问题所在了。昨天我到食物坑道工作时，小屋门开得太久，热空气使得顶门四周的雪融化，热气一消失，融化的部分就变成寒冰，结果就把顶门给卡死了。

症结不止是结冰，顶门上还堆了二点五英尺厚的冰碛。我注意到，吹东风时，通风管和仪器百叶箱正好迎风而立，而冰碛就堆在风管和百叶箱后方。此外，我还进一步注意到，小屋安置的深度不够，也是造成屋顶上堆积硬雪的原因。由于顶门在小屋的西边，而冰碛碰到了凸起的物体时，就会像船的尾波一样在背风面呈扇形堆积。

未雨绸缪挖掘通道

这一整天，除了气象观察的时间之外，我都忙着劈、挖和锯开这座碍事的冰丘，尽量把小屋四周弄平。一天下来成效还算不错，风势虽已减弱，却依然卷起漫天冰碛，我可不愿重蹈昨天的覆辙。这扇宝贝顶门失灵的经验，使我兴起急需另开一道顶门的念头。事实上，我已经盘算好，而且在雪暴期间就已断断续续地动工了。

我的想法是，在朝西的食物坑道上开个孔，再依直角挖出一条朝南的通道。这个方位是经过仔细研究之后所做的选择。依我对南极气候的经验，东风最为常见、强劲，且会带来冰雪、卷起冰碛。既然我无法阻止冰碛在烟囱管、通风管、仪器百叶窗和小屋的背风面堆积，在食物坑道和燃料坑道上方再开第三条坑道出冰碛区，便是顺理成章的举动。尽管这样，仍不能说绝对保险，因为很快就会吹起北风或南风，在原有的冰碛堆直角方向再堆成新的冰碛脊。冰碛似有相互助长的作用。说也奇怪，雪本身并没有增加多少，甚至可以说大部分都被吹光了，但如果帝国大厦立在南极，终究还是会被冰碛掩埋。

我从食物坑道中段、放置无线电引擎正对面的凹壁开始动手，打算在距地表两三英尺下方，挖出一条长三十到三十五英尺、高约六英尺、宽四英尺的通道，通道末端再挖一条竖坑通到地表一英尺下方，一旦另一头出口堵住，再打通这片薄冰层直上地表。不过，我一人每天最多只能挖个一英尺。"我只有左臂管用，就算只有一英尺也十分辛苦，"我在日记里写道，"我锯下冰块，搬到顶门，抛到地表上，再用人拖的小雪橇拉到相当距离外的背风处。"

不了解南极冰雪特性的人，听到锯冰块可能会感到大惑不解。罗斯冰盾上的冰雪是因极冷而融合，而非热气融解后再凝结，所以又硬又脆，跟沙岩无异，稍一摩挲就有冰状小球体剥落，色泽之洁白前所未见，但全然没有冰的光滑和透明。新雪凝结成结晶状后，人走在上头不会留下痕迹，滑雪板则像滑在冰河上般全无办法地滑溜出去，铲子碰上这种雪，就像碰上石头一样铿锵有声，铲不动。我用的是二英尺手锯，先锯出块状，再用铲子撬开，如此一来，冰块上留下锯痕和碎片就容易处理多了。

事实上，这条逃生通道虽是防患未然，却也不是白费力气。它变成了我的饮水供应来源。我只需锯出适合水桶大小的冰块，像柴火似的堆在阳台就行，只不过融雪十分费事，我着实不喜欢：两加仑的雪在炉子上加热好几个钟头，只能产生两夸脱的水。① 因此，水桶时时不离炉子，而小斗室里一摆上水桶，便无其他东西容身之处。我越来越讨厌这只熏得焦黑、表面凹陷、贪得无厌的桶子。有一回，水桶翻倒，做晚餐要用的水全部洒在地板上，我欣然地将桶子一脚踹到对面墙角，俯身拎起桶子时，我瞥见自己映在刮胡镜的影子，果然咧着嘴笑得很开心。

---

① 两加仑约合 15 升，两夸脱约合 1.89 升。

第三章 四 月　　59

四月六日

我睡得很熟,这是一大乐事。不过,我还是无法如愿准时起床——今天早上迟了四十五分钟,这倒是十分讨厌。我不清楚自己为什么会丧失这种本事,总之,我得想个办法才行,否则漫漫永夜,天地无光,可就不知何时该起床了。

我不断清除天窗上的积雪,以便享受尚余的白昼光线。可是,三个天窗大部分时间都结着霜,一旦天花板温度超过冰点,霜一融化便滴滴答答落在地板,变成一根根冰笋,总是冷彻心扉。我以温度计测量过,我坐下时,脚部的温度比头部要低十到三十度……

四月七日

半年的永昼时光慢慢消逝,黑暗悠悠降临,即使在晌午时分,太阳也不过偶尔在地平线露出半边。天寒日暗,最亮的时候也照不出影子。天蒙蒙,地森森。这是生死一线的时节,世界末日来临时,最后一个人所看到的世界大概就是这种光景。

四月八日

若不是肩伤未愈及气象观测仪器(原是为更暖和的地方所设计的)问题层出不穷,对于准备迎接即将来临的黑暗,我应该会进展更大。种种突如其来的小事,不断要我花许多时间去处理,极为烦人。举例而言,即使没有冰碛,三点五英寸的通风管口每隔三四天就会被冰（或是介于雪和冰之间的粒雪）堵住。我想，大概是凝结作用的关系，可得格外注意，无论如何得保持良好通风。通风管以U形夹固定，我只消将管子拉出，取下来放到炉子上即可。管内冰状结晶敲不出来，非融不可。

更麻烦的是，烟囱顶部末端也有同样的毛病。每到用餐时候（或热炉时），冰一融，弯头的孔就会滴水，幸好位于正下方的自记气象仪有个玻璃盖子，否则早就不能用了。我在弯头下方绑了个罐子盛水，但烟囱堵塞让我十分担心。除非炉子的烟能顺利逸流到地表上，否则我可麻烦了……

琐碎生活中找乐趣

四月上旬就在匆忙中过去。我埋首于各种小工程中。除了逃生通道之外，最难的是复原食物和燃料坑道。这两条平行的坑道从阳台延伸出去，中间隔着一道三英尺厚的雪墙。两条坑道都跟地窖一般伸手不见五指，我在里面工作时都靠防风灯或手电筒。在人为的光线下，坑道中散发着令人屏息的光华，帆布顶上的结晶冰宛如枝状烛台般耀目生辉，墙壁则是蓝光熠熠，纤毫毕露。

在燃料坑道里，四桶五十加仑的煤油桶，每桶各重约五百磅，分别放置在壁龛内。另外还有三百六十加仑干洗溶剂汽油，分装于十二加仑的桶子里，各重约九十磅，以便提取到屋内；

九十加仑无线电发电机专用的汽油，分成两桶，放在坑道末端。除了这些桶子都是直立的，以防塞口漏油之外，这地方每每令我想到法国酒窖，尤其是在风灯前走动时人影幢幢的光景。

食物坑道开在大门正前方，是个截然不同的地方。墙壁都由食物箱子堆成，需要什么东西时，只要用凿子撬开取出即可，箱子则仍留在原处当墙壁。我担心的是，箱子堆得十分混乱，到处鼓出来，豆子跟罐装肉类、番茄汁、杂物箱莫名其妙地混在一起，而且坑顶也已凹陷。在我越来越觉得应讲究整齐之际，这一切看来颇为碍眼。因此，我利用空闲时间全盘重新安排。

我不想操之过急。极区给我最大的教训是：耐心。每件工作都做不到一小时，我就换别的工作，如此一来，每天在所有重要的事情上都可以看到少许进展，同时又免得无聊生厌。极地生活基本上十分单调，这是添点花样的方法。

能忘却文明的人，这类花样绝不虞匮乏，这是罗斯冰盾严酷条件使然。我时时会觉得，自己好像是冰河时期最后一位生存者，极力以这默然自得、变化无方的世界所赋予的脆弱工具求生。寒冷会造成一些奇怪的情况：在零下五十度的气温下，手电筒在手中失灵；零下五十五度时，煤油结冻，火焰在灯芯上熄灭；零下六十度时，橡皮会变脆，记得有一天，我拗弯天线想接个新接头时，天线啪的一声折断；零下六十度时，寒意会入侵到仪器中极微细部分，使油结冻、仪器戛然而止。若是有极细微的风吹来，你甚至可以听到自己的呼吸，像鞭炮般咻地飘走。晨露亦然,所有暴露的物体都结上一层白霜。若是工作太用力、呼吸太急,偶尔会感觉肺部好像火在烧一样。

尽管四月相对温暖,但仍是寒意逼人,这也使我不得不做许多考虑。医疗包里的奴佛卡因①结冻,玻璃试管冻碎;燃烧弹里的化学物质也一样结冻;两箱番茄汁瓶爆裂。取出罐头食品后,必须放在屋内炉子边一整天来解冻。天气极冷时,煤油和干洗溶剂汽油却像润滑剂一般流动,我在坑道挖了个地洞,用一根塑料管当虹吸管,以便延长流动的时间。风向鸡和风速计的电力接头上老是结霜,有时我每天得爬上十二英尺长的风速计杆子去清理两三回。这可是苦差事,尤其是在狂风袭人的夜里。我两腿缠着细杆,双臂翻过磁夹板,一手持手电筒,一手用小刀刮除接点上的冰霜。我堪称是全世界最寒冷地区的擦杆人,下得杆来,手指、脚趾、鼻头和脸颊无一不冻僵。

早上屋内总是奇寒无比。我睡觉时开着门,起来时室内温度(依地表的天气而定)在零下十度到四十度之间。夜间呼气成霜,睡袋结了一层;袜子和靴子被余汗冻得硬邦邦的,首先得将双手呵软。挂在床头挂钉上的丝质手套是我一起床就得戴上的;即使有手套保护,在点灯和生火时,手指一碰到炉子,依旧炙痛异常。指尖老皮剥落,新皮初生,有一阵子会疼得令人难耐。所以说,问题层出不穷,有些是我自己无能使然。首

---

① 奴佛卡因,一种局部麻醉药物。

第三章 四月　63

先,气象观测仪器让我吃足了苦头。针笔停摆,登录线条糊成一团,仪器本身也好端端地就不动了。不过,我总能想出解决办法。我学到了加甘油冲淡可以使墨汁不结冻,以及如何用汽油"切下"仪器内结冻的油、用不受寒冷影响的石墨擦拭精密零件。

我虽扮演着"可敬的克赖顿①",却是不值一提的。以海军的术语来说,我在"前进基地"的巧思,充其量只是"应变",很多都通不过"船长检查"。就这一点而言,一切自有公断,本人不拟抗辩。身为军官,所学所习是双手亲力亲为,我的标准其实很低,要言之,不过是重做海军官校时期"二点五之神"的虔诚信徒而已,这是由特库姆塞②为代表的勉强及格之神,当年我还是海军官校学生,以行进队伍前去考试时,就常在他胸像前献些薄礼。以军校的标准来说,我在"前进基地"独炊的成绩准会"死当"。

早餐不过是喝点茶配全麦饼干,可以不算;午餐通常是把番茄汁、爱斯基摩饼干从食品罐头中取出,偶尔配上熏牛肉、牛舌或沙丁鱼等冷冻肉或鱼。这两餐我可以很熟练地准备,但平心而论,探险家一天最重要的晚餐——饥寒交迫之余,无不

---

① 詹姆斯·克赖顿(1560—1582),苏格兰学者、演说家,以道德修养、记忆力、语言才能著称,故有"可敬的克赖顿"之称,后因遭一王公之嫉而遇害。
② 特库姆塞(1768—1813),北美肖尼族酋长,率领印第安联盟进行反白人入侵抗争,曾率部众与英军会合参加一八一二年对美战争,后战败被杀。

满心期待这热腾腾的一餐,却是每天大出洋相。

我只消闭上眼睛,这"炊事惨祸"便一一重现。我在日记中称为"玉米粉事件":把适量玉米粉倒进锅里,加点水,放在炉子上煮。岂料这道简单的菜单却生出个九头龙般的大怪物。玉米粉呼噜呼噜地胀了又干,干了又胀,我只是不以为意地不断加水。蓦地锅子里的玉米粉有如维苏威火山爆发一般,不一会儿工夫,手边的锅锅盘盘都用上了,还是装不完不断漫出的玉米粉。漫出炉子、喷上天花板、溅得我一头一身,若不果断采取行动的话,我准会被玉米粉淹死。我抓起锅子,一个箭步冲到门口,使劲地丢到食物坑道尽头。岩浆似的金黄色玉米粉仍然不断漫出来,好不容易才冻住。

类似的乱子还有不少,例如四月十日的"干利马豆事件",我在日记里肃然写道:"利马豆吸水之多和所花时间之久,简直叫人啧啧称奇。结果到了晚餐时候还是半熟,数量却多得让一整艘船的弟兄吃还绰绰有余。"我第一次吃果冻甜点,刀子一碰却像皮球似的弹开;烙饼粘在锅子上,须用凿子剷开。(四月十二日的日记里,以谴责的口吻写道:"而你,曾经是各大宴会的座上客。")到"前进基地"前,我很怕宴会,但在四月晦暗的日子里,我却穷索枯肠,回想宴会的光景。我所能想到的只是菲力牛排,黑黝黝的跟旧军靴一样,不然就是焗酿龙虾、三角叉上烤乳鸽、莴苣上堆着鸡丝色拉。这些都不是我食物柜里的材料做得出来的简单菜色,我试了一下,结果屋里弥漫着刺

第三章 四 月　　65

鼻气味，平底锅留下一层黏糊糊的残余物。不过，食谱虽然不见了，结果倒不是完全失败。我决心要做出一道像样的菜来，于是把剩下的鸡肉挂在炉子上，解冻两天，加上盐和胡椒煮上一整天才端上桌。汤头虽是意外的副产品，却是美味异常。当晚，我打开一瓶西打，遥敬埃科菲①一杯。

极地的白昼与黑夜

四月就在这种情况下过去。画去墙上大日历上的一天，是每天最后一桩例行公事，早上起来第一件事，便是确认是否画去。地上，白昼日消，夜色从四面八方而来。二月底以降，太阳就已从每天周游的天空落下，夜里日落渐提前，早上日出渐延后，如今，白昼在这纬度上只剩不到两个星期，太阳只是一颗似乎无力升出地平线的巨大球体，沿着地平线滚动几个钟头，烟雾迷离，让人看得不十分真切，正午过后不久便在北面消失。我悠然远望，好像目送渐行渐远的情人。

四月九日

……刚才（午后九时）我见到异象。起先它是一团火球，

---

① 奥古斯特·埃科菲（1846—1935），法国名厨，十九岁时习艺巴黎，普法战争时为莱因军团主厨，以化繁为简的料理著称，所著《烹饪指南》堪称全球厨师的教典。

比太阳小，但更加红艳，约在二百零五度方位，认不得是什么东西。我下屋去拿野外双筒望远镜，继续观察。它从深红色变成银色，有时会倏然消失。乍见之下，它的庞大令我大吃一惊，观察许久之后终于看出，是四颗晶莹的星星呈一直线排列。也许不是四颗，而是一颗星星经冰晶折射出三个幻影……

四月十二日

……天色晶莹剔透，温度约为零下五十度，南风轻吹，让皮肤有一种炙烧的感觉。天空光线日消，从南极地轴掩来的夜色，正午便已紫气当空。今晨九时三十分日出，但几乎一直贴在地平线上，好像红色大车轮般，在罗斯冰盾边上滚了两个半小时，到了正午时分，日出和日落歘然相合，再滚动约二个半小时之后，渐渐沉入地平线下，只留下一片殷红。这景象宛如日蚀，冰盾上笼着人间罕见的微光，落日犹如大火坑般冲出漫天红焰，雪地上红光激滟。

在美国，我常见的是日出东方，经过上方天空，垂直落下西方地平线。此地的太阳活动呈极端，规则全然不同。春天时，正午第一次日出，子夜最后一次日落；秋天时，一个半月是天天日出日落，接着四个半月是日不落，也不行经天空，只是跟地平线几乎平行的滚动，高度绝不会超过三十三点五度；秋天第一次日落在子夜，正午日落，接下来的四个半月没有日出，反而渐渐下沉到地平线下十三点五度，再缓缓上升。我现在所处的就是白昼只剩奄奄一息的时期。

有些人以为，极地之夜是戏剧性地陡然降临，其实不然。不是突然阻隔白昼，也不是倏地降下黑夜，而是有如滔滔不绝的浪潮一般，渐进累积而成的结果。夜如潮，每天冲进一点，待的时间也久一点；日如岸，每天缩小一点，直到最后全部被潮水淹没。因此，旁观者非但不会感到仓促，反而会觉得像是一件不可估量的大事，以亘古如一的毅力终底于成。白昼的消失是渐进的过程，由微光的介入来调节，当你抬头望去时，白昼已逝，但又不是完全消失；日落地平线之后许久，太阳仍然投出微弱的白昼之光，你可以循着光线得出它在地平线下的活动。

这时，平日疏忽的感觉变得极为细腻敏感，可以说是最美妙的时刻。你可以站在冰盾上，仅是眼观、耳闻和意觉。清晨白雾迷离，深邃难测，举目毫无所见，也许你会被雪面波纹绊倒，也许会绕冤枉路以避开根本不存在的障碍，也许要靠恍如拔地而起的巨大电线杆，实则是细竹标来辨识自己身在何处。我敢打赌，在这样的日子里，仪器百叶箱准会变得像轮船般庞大。在这样的日子里，东北角穹苍尽成罗斯冰盾岸头，壁立千仞，纤毫毕露，景色壮绝，前所未见。当然，这只是海市蜃楼，但未曾见过如此景象的人定会指天为誓，认为真实不虚。午后景象是如此晶莹剔透，你甚至不敢出声，以免它片片碎落。在这样的日子里，我曾目睹天空有如小球体般碎裂，化成片片虹光飘然而下——冰晶滑过太阳表面。冰雨一落，地平线蓦地射出一道白光，划过太阳中心，随即形成第二道光影水平掠过太阳，构成绝佳的十字形。霎时，两轮细日各呈绿色和黄色，同时向两侧弹去。这幻日光景是最壮观的折射现象，美不胜收，举世无俦。

四月十四日

……午后四时，我在冰点下八十九度做每天的例行散步。太阳已落到地平线下，他处未曾见过的紫光一涌现，众色齐消，只剩下落日余晖。

正西方，天顶位的半中央，金星高悬，宛如晶莹钻石，对面东方天际，一枚星星如同金星般在蓝海紫光中闪烁；东北方天空，银绿色南极光搏动轻颤。罗斯冰盾一片白茫茫，举目只见银灰色，单调之中又有淡雅虚幻之感。众色消融，月暗星稀，景致单调，但这些光景的组合却妙到巅峰。

我驻足聆听虚寂。我的气息化成结晶掠过脸颊，乘着比耳语还要轻柔的微风扬起，就如悬挂在天上的云彩一般。风向鸡直指南极。寒意止住了微风，轻轻转动的风速器也戛然而止。

白昼将逝，黑夜极安详地来临。这就是秩序、和谐与无声无息不可思议的进程和力量。和谐，没错！这是由寂静所生的一种轻柔律动、一种绝佳和弦的调子,也許这就是天籁。

能捕捉这律动,将自己暂时融入其中,于愿足矣。在那当下,人与宇宙合而为一,殆无疑义。这种信念之所以会产生,是因为那律动实在太规律、太和谐、太完美,绝不是偶然所致。因此,这一整体,以及人类是这一整体的一部分而非意外的分支,心有其深意。这是一种超越理智的感觉,直指人的绝望乃是毫无来由。宇宙是和谐秩序,不是混沌,人理所当然地跟白昼与黑夜一样,也是这和谐秩序中的一部分。

II:夜

四月十五日

我已经设法弄出最热的水,煮了两个小时的干利马豆。现在时间是九点,干豆仍然硬如花岗石。我以大角匙试试软度,看看它是否得煮上一整夜。

……今晨再跟"小美洲"联络。跟前两次一样,这可是重要作业,因此我不敢小觑,希望尽可能使操作系统化……不熟悉摩斯密码,着实使工作复杂万分,虽然我把字母表钉在电键边的桌子上,但要把对话转换成点点线线还是十分困难,用拇指和食指敲出来更是为难。

于是,我灵机一动,趁引擎还在炉子上热机的时候,坐在桌旁,把心里想说的话写在纸上。我以中文的方式直书,一个字母参着一个字母，字母边再写上点线密码。这一招本来还管用，但后来墨菲随兴所至地聊起探险等事情时，可就麻烦了。我手足无措，简直像身着紧身囚衣的拉美人遭侦讯时，舌头打结，既说不出话来，也无法做手势。不过，戴尔在研究工程之余，大概也学过读心术，居然能了解我的意思……

我今天的第一个问题是："肯恩·罗森怎么样了？"墨菲接口说，罗森的脖子还是有毛病，但除了他，"小美洲"众人一切安好。

墨菲向我简短汇报了"小美洲"的气候。不出我们所料，那儿的温度比这里平均高出十五到二十度。

能这样跟"小美洲"谈话，确实令人宽心，但另一方面，我内心中也很希望最好不要有无线电。它使我跟外界言论和纷扰难脱干系，但谢天谢地，起码我自己无法广播。一则是因为无线电无法传送声音，再则是发电机燃料不足，无法以密码送出长篇大论。墨菲会设法让关心我的朋友知道此地的情况，倒是我自己可能哪一天会难耐好奇，忍不住询问股市行情如何、华府是否有什么大事。以我个人财务状态岌岌可危的情况而言，任何风吹草动都可能带来骚动和不安。

无线电联络之后，我发现壁龛内的发电机因热汽凝结，管子堵住了一大半，而且坑道内烟雾缭绕。这虽不是我所乐见，但苦无办法解决。今天的温度在零下五十到六十度之间。

四月十七日

今天值得大书特书。我找到了食谱！今天早上，我在放导航器材等杂物的帆布袋摸索时，偶然找到这本宝贝食谱时，不禁喜出望外，欢呼大叫，声音大得连我自己也觉得不好意思了。我赫然发觉，这是二十天来口中发出的第一个声音。

我敢说，一本被冷落弃置的书受到如此废寝忘食的阅读，大概是前所未有的。遗憾的是，一本食谱解决不了烹饪所有的奥秘。它没告诉我怎样让煎饼不粘锅。因此，我利用今天无线电联络的机会，请墨菲问问营内是否有人知道如何解决。我解释道，抹油无济于事。墨菲的回答轻飘飘地传了过来。"你可考倒我了，"他说，"我这辈子不曾做过菜，依我看，你最好改变一下饮食方式。"

"问问厨子。"我努力拼出一句。

"迪克[①]，就算你快饿死了，"我的这位朋友答道，"我还是不太相信只会挥舞菜刀的火头军。"

"问问别人。"我还是不死心。

"我看这么办吧，"墨菲说，"我拍个电报给沃尔多夫[②]的奥斯卡请教一下。兹事体大，千万冒险不得。"（墨菲言而有信，果然在十四天后，兴冲冲地念着奥斯卡的亲笔回函，要点是使用牛油锅子。至此我完全死心，认命地继续用我的凿子。）

[①] 理查德的昵称。
[②] 纽约一家著名的旅馆。

今天还有一桩大事。太阳不见了。正午时分，太阳在地平线上匆匆露个脸便永远落下。失去了太阳，我并没有特别的感觉，也不羡慕"小美洲"那儿冬夜较短。我虽不明其故，但终究不外乎微光流连、黑夜增长已有多时，使我心里早有准备。我告诉自己，要是太阳还在，问题才严重呢，因为这意味着地球两轴的方位出了岔子，整个太阳系大乱。

四月十八日

今天我在地表工作了好几个小时，铲雪，清理逃生地道的积雪。我滑了一跤，刚好是受伤的左肩着地，痛彻心扉。我气喘吁吁，显然肺部受了冻，因为到了晚上，一呼吸便有灸痛感。气温零下六十度，我最后一次上屋观察时，灯油结冻，火光顿熄。……今晨，我发现炉管结冰的情况更严重，可得想个办法解决才行。这冰硬得出奇，我花了好多时间才将它剀掉。

慎重考虑通风问题一两天后，我决定变更原本在屋子中央的通风管位置。这是条U形管，其中一条弯管凸出地表约三英尺，从屋外弯下通到地板下，从屋内一根几乎高达天花板的木柱旁的竖板穿出，利用重力作用送入新鲜空气。这种设置虽然不错，但经过一个月的试验下来，我深信必须加以改变。一则因为这根柱子就在屋子中央，十分碍事，我撞到不下一百次。不过，这究竟只是不便而已，真正的原因还是因为这种设施没有发挥作用。早上，冷空气下沉，好像是凝固的流体，午后生起炉子时，我脑袋周边的空气转热，但地板和角落上仍旧寒意袭人，一两步之差，就有赤道之暖和极地之冷的差别。我希望温度尽可能均匀分布，更重要的是希望有更多的空气。

我的看法是，若把出口弯管移到炉子附近，管内的热空气所产生的真空效应应该可以引进更多的空气，室内空气流通应该会更佳。由于既没有弯管接头，工具又只有铁锤、锯子和扳手，我不知如何是好，着实迷惑了好一阵子。最后，我以简单的方法解决了。我卸下木柱和管子，把木柱锯下七英寸，钉在地板中央的通风口上，上面再钉上厚帆布，做成盒子状，然后从旁边接上管子，穿过床脚下的地板。我凿穿五加仑空锡罐的顶部和侧面，充当第二个接头；罐顶安上一个管架，管子顶端弯向天花板，跟烟囱管平靠。

我一直忙到凌晨三点才完工，结果虽称不上是空调技术的一大进步，但屋内空气流通状况的改善却是显而易见。出气口挂着一张卫生纸啪啪飘动就是证据。而且，拆掉中间碍事的柱子之后，屋内空间似乎大了一倍。尽管这种处置还是有美中不足之处，例如现在我不是撞上木柱，而是被管子绊倒，不过多出来的空间已足以弥补不便。第二天早上起床时，室内温度是零下三十度。改装后的新设备确实十分有效。

自我管理痛改前非

白昼虽已消失，微光依然流连，正午时北面地平线依旧进出红光、黄光和绿光。正午前后还有几个小时，可以工作和到冰盾上散步，但早上和午后却是暗黑如夜，不知不觉使我的例行工作受到规范。现在除了气候观察之外，还得在每天早上十时和午后一时、四时、七时与十时，做五次极光观察。极光变化万端，时而呈线状、弧状、带状、帘形或冠状，不一而足。我站在双动顶门上，辨识其结构，并观察方位、中心和末端的大致高度等相关资料，再登录到一本专用的簿子。极光观察和气象观察一样，都是和"小美洲"同步进行，以供日后详细比对。这样开始的一天，绝不是有余裕的一天，在我还没摸熟之前，生活中似乎充满着忙碌、各不相干的小片段，很难串联起来。

我本来就是有点随兴的人，往往看心情和实际需要，在闲暇时间才工作。我这无厘头似的习惯，对跟我一起生活的人而言尤其苦不堪言。探险家以家为办公室、征募站、总部兼贮藏室。我每次探险都以家为动员和复员中心，电话整天响个不停，人来人往好像公共场所似的；客厅、卧室和柜子，乃至每一个腾得出来的角落，都堆满皮靴、睡袋、干肉饼和日晷，三餐从不曾准时过，因为老爸不是在打长途电话，就是跟老船友闲聊、准备演讲或出门。一想起前尘往事，我总不免讶异内人是怎么把四个孩子调教得如此聪明伶俐，个个做事井井有条，跟他们的老爸简直判若两人。显然他们是以老爸的随便为鉴，不过，我倒是常跟孩子解释，他们可以母亲为正面范例，以父亲为反面材料，知道什么可以做、什么不可以做，是何等有幸。

我在"前进基地"痛改前非，但我修正自己的行为，倒不是有愧于心，而是出于实际需要。从一开始我就认识到，此地环境特殊，把日常事务弄得规律和谐是唯一的长久之计。徒劳益增幽居的孤寂，所以我这最没有条理的人，在把每天的时间排满的同时，也尽可能按部就班。我习惯在每晚熄灯就寝前，先大致规划一下明天的工作。一旦清理好坑道、打点好屋内，我就有更多闲暇时间。不过我在规划每天的作息时，很少设定特定的目标。譬如说，我安排自己一个小时在逃生坑道，半个小时清理冰碛，一个小时整理燃料桶，一个小时在食物坑道冰墙挖出书架，两个小时修理人力雪橇上断裂的横桁。

若是时间不够也无大碍，改天继续就是了。这样分配时间的方式，既有一种自我管理殊胜之感，又可赋予最简单的工作些许意义，可以说是一大乐事。若非采取如此或类似的方式，就会漫无头绪，而漫无头绪的结果自然是每天都一团乱。

四月二十一日

早上最辛苦。一大早就得摸黑开始工作本来就很辛苦，对我来说则是苦上加苦。寒冷和黑暗会逐渐消磨体力，但置身其中的人也许要隔许久才会发觉，心思变得迟钝，神经系统的反应也相对地慢下来。今天早上，我不得不承认寂寞难耐。我虽已竭尽所能，但这寂寞太强烈了，终究无法轻易排遣。我不能耽于孤寂，否则就完了。

在家时，我通常马上就醒过来，而且心神清朗，在这里可不然。我好像迷失在星际太空荒寒广漠中，总得花上好几分钟才能收摄心神。屋内一片漆黑，无影无质，叫人辨不清方位，虽然已经过了这么些日子，我还是常常自问：这是什么地方？我在这里做什么？我常竖起耳朵，仿佛想在这无声无息的地方听到什么声响似的。啊，有了。滴答，滴滴答答，滴答，架子上自动记录器和温度计忙碌而又亲切的声音，声声清晰异常，我可以寻声辨位，就好像从暗黑无垠的汪洋中冒出来的水手，可以依循近海的鸣铃浮标沿岸而行。

我不想起床，只是躺着静听这些清晰明快的鼓动，在心里把它们编织成一段段对话、韵律，乃至短篇小说。它们具有愉悦、麻醉的效果。稍微一动，干扰了睡袋内绝妙的温度平衡，顿觉一股寒冰之气直往背部和腹部灌。我一想到脚丫子接触地板的光景，立时冒起鸡皮疙瘩。然而，我必须起床去进行早上八点的观察。于是我躺在床上，鼓足了起身的决心。离了睡袋，我摸黑在床头边的架子上摸索，找到处理冰冻金属时保护手指的丝质手套。戴上手套后，我点起床头外的挂灯。灯芯结霜变硬，很不容易点火；火着了又熄，着了又熄，好不容易才在灯芯上固定下来，流动的弧光缓缓扩散，灯火昏黄摇曳，现出屋内一事一物。这灯光毕竟太过幽暗，仍然照不到对面墙上的东西。但对我而言，这荧荧之光已不啻奇迹。有了这光才能展开新的一天，心灵才能摆脱黑暗，身体也才能挥去麻木感。我睡觉时只穿内衣，裤子、衬衫和袜子都堆在桌上。不用说，我穿好衣服的速度比消防队员还快……

"前进基地"的一天于焉开始。次日，刚好我从"小美洲"飞来此地届满一个月，于是我利用余暇，写下从起床到就寝之间的点点滴滴，全文洋洋洒洒近三千五百字。这一天刚好是星期天，不过，在"前进基地"，时间的流动跟任何一天并无不同。由于全文描述的是典型的一天，所以我决定列入书中，只不过稍加删节，以免流于重复。

四月二十二日

……整装后，我所做的第一件事当然是生起炉子。燃料总是结冻，花了十分钟左右才使油从油槽流到燃烧器。我渴望早上时来杯热茶，于是不待炉热，便以长约一英寸的固态酒精片烧了一夸脱的水（当然是冰）。我把六片酒精片丢进罐子里，再把一平底锅的冰放在铁架上以蓝焰加热。

每天的头几分钟最沉闷，好像有个阴郁的评论家坐在暗影中沉思，就要说出令人不快的话似的。我心有戚戚，只是快快道声早安。晨操有助于超脱这种心境。我平躺在床上，做各式肌肉伸展运动十五分钟。晨操结束，水也热了，我用大瓷杯冲了一品脱的茶，再加点糖和奶粉，啜了一两口便将杯子摆在火焰上，直到滚烫，烫得我的嘴巴和喉咙难以消受。如此提振精神之后，我这才准备观察作业。

八点前几分钟，我看了一下气压计（二十八点七九英寸），扣上帆布防风衣前，瞄一眼室内温度记录器，显示上头的气温应该是零下四十度。我先将手电筒放在炉子上热一两分钟，以防电池结冻。我没扭开手电筒就跨入漆黑的阳台，登上楼梯。这一小段路我记得很熟：出门后跨一步，左行两步，上六级梯子。

双动门有点卡住，我使劲推了两次才打开，冰晶哗啦啦地往我脖子上落，我不由得打了个寒颤。天还很黑，一层无形的雾贴近地表，使得白昼带着灰蒙蒙的面貌，且有飞雪不断朝我脸孔飘来。我之所以仍然使用"白昼"和"黑夜"，是因为两者虽有时间上的差别，但找不到同义词可以形容。白昼是指像今天早上一样，带有湿意的雾幕笼罩于冰盾之上，但这形容其实没有多大意义，纵目四顾，只觉孤寂和苍凉袭上心头。

百叶箱内的温度计显示，上回观察后的最低温度为零下四十八点五度，最高温度为四十六度。我重设最低温度计指针，从口袋里掏出小刷子刷去落雪。我花在登记云、雾、冰碛、降雨量等数据的时间，虽然总计不超过五分钟，却已足以让我断定狂风欲来。

第三章 四月

回到屋内，炉火虽未驱走寒意，室内却仍是舒适怡人。我首先点起桌上的蜡烛，照亮室内中央部分，仍然穿着外套，站着登记方才在上头所搜集的资料——我还是觉得很冷，所以不敢坐下。我又冲了一品脱的茶。除了坚硬如石的饼干外，这就是我的早点。

八点三十分，水桶里的冰块稍稍融化，我先到阳台再取回一团雪块，再把融开的水倒进槽内洗手。现在应该决定晚餐吃什么，开始退冰。我选的是豆汤、海豹肉和炖玉米。我从肉类盒子里取出五英寸看起来黑黝黝不怎么好吃的肉块，吊在炉子上的钩钉退冰；从冷冻柜中拿出罐装玉米，放在炉子后方的架子上。炉子上的五加仑重油箱，每隔三天得加一次油，今天正是加油的时候。我关了火，卸下油箱，往三十五英尺外燃料坑道最远处的油桶而去。墙上插着一根棍子，权充灯挂钉，借着它幽微的灯光，我找到了油桶上的塑料管。我使劲地吸，好不容易才开始流动，在等待油箱加满的当儿，我检查了一下坑顶，看看是否有再度下陷的现象。一切如常。

快九点的时候，我开始冗长的无线电联络准备作业，刚好在早上十点极光观察前完成。上头仍是漫天阴霾，没有异状。我一打开接收器，就听见戴尔在呼叫"KFY"。今天的对话很有意思。在我离开"小美洲"之前，春季大探险的总目标就已设定，但几经详细审视后，发觉计划须做些许变更；墨菲已在与波尔特、朱恩、英尼斯-泰勒、罗森及科学小组磋商后作了修正，我完全同意。

关机前，戴尔和我对时，至于他是以"美国海军天文台"还是以格林威治标准时间为基准，我已经记不太清楚。"我说'对时'的时候，是指十点五十三分，"戴尔提醒道，"你还有三十五秒钟准备……二十秒……十秒……对时。"我发觉三个经纬仪里，第一个快了二分十秒，第二个快了三十一秒，第三个慢了一分二十秒。我把这些数据都登记下来。为了跟"小美洲"的观察同步，我必须知道准确的时间。之后，我仔细地调整三个经纬仪的时间。

无线电联络之后，有一小时的空当可以全力处理逃生坑道。由于肩伤碍事，坑道工事比预定每天挖一英尺落后许多，至今只挖了三分之一，正确地说，只有十三英尺。今晨完工的是在冰墙上挖出架子，以便放置多余的书籍，接着又挖了几个壁龛放置别的装备。因为我拿出了太多东西，屋内几乎没有丝毫空间，四下一看，只见到处堆满了衣物、食物、工具、器材，没想到连单人科学观察站也得用上这么多东西，我自己也吓了一大跳。这些东西大部分可以搁在外头，只是我懒得每回找个东西都得进进出出……

保持阅读习惯

十二点到一点依旧是最忙碌的时候。正午时分，我给自计记录器加了墨水、换了纸张、上了发条（线条不规则，表示针笔的接点脏了）。

我脖子上挂着手电筒和刷子，大衣口袋里揣着橇刀到上头，迅速脱去同样挂在项圈上的驯鹿皮手套，卸下风速计的杯状风速器，刷去杯子上的积雪，把接头擦干净，脸庞和手指难耐酷寒，我边工作边不住地暗骂。

手表显示时间已是一点钟。天色依旧阴霾，极光观察可以省去，倒是得给室内温度记录器上发条和换记录纸。之后就是午餐了。毛姆的《人性的枷锁》我才看了一半，今天也是边吃边看。一个人沉默地用餐，未必是赏心乐事，因此我已渐渐养成边吃边看书的习惯，暂时完全沉醉于字里行间。不读书的日子，我颇有野蛮人思肉之感。

片刻前突然传来巨响，活似冰盾上数吨炸药爆炸一般（我们从来年夏天进行的地震测深法中得知，"前进基地"是坐落在大约七百英尺厚的冰雪层上。南极各地大部分都是这类硬冰层，北极则是在夏日时地表大都是袒露的，只有极少数例外，这也是南北极最主要的差别）。由于距离甚远，这不断划破寂静的声音听来甚是沉闷，不过，我得坦言，只要是能打破此地千篇一律的沉寂，任何声音都非常欢迎。我感到冰盾稍稍移动，手灯锡座嘎嘎作响，吊在我面前架子上的手电筒也微微晃动。这是习称的冰盾地震，是广大地区的冰雪因冷缩作用而产生下陷的现象。

午后的作息包括到上头铲冰碛半个钟头。我先拎起半结冻的馊水桶，小心翼翼地倒在背风处，以免造成冰碛堆积。我在这半个小时里铲除小屋四周的冰碛。今天还算轻松，屋顶上虽堆了二英尺深的雪，但一时间似乎没有加深的迹象。铲完冰碛后，我拔起穿过屋顶的通风管，拿到下头，放在炉子上解冻，不过一两分钟光景，冰雪就开始松动，用铁锤很容易就可敲下。这时，挂在炉子上的海豹肉块也已汩汩滴着黑色血水。

接着是一个小时空当，我花点时间把气象观测笔记登录在美国气象局第一〇八三号表格上，然后修理一下昨晚松掉的留声机把手，四点钟前再穿上防风衣到上头做极光观察。乌云稍退，飞雪已停，但在乌云边上伴了一道弱光颤动外，不见极光的迹象。我自言自语地说了声，极光不在落个清静，便迈步散起步来。

由于雾浓以及随时有雪暴来袭之虞，我决定不要走远。只要有时间，我每天都会散步一两个小时。散步既可给生活带来点变化，也是另一种运动的方式。一开始散步后，我通常是每走几步就停下屈腿俯身，随兴做做十二式体操中的任何一式。不过，今天我倒是特别小心，大概是十八日肺部冻伤比我所想的严重，一喘气就觉得隐隐作痛。

散步到后半段时，心凝神释，与周遭环境合而为一，是一天中最美好的时刻。人生百虑和万物本质自然流动，如此自然，如此流畅，以致令人有歆然悠游于宇宙洪流中的幻觉。这时候，尽管我的心思大部分还停留在俗世、现实的事物上，还是可以感受到知性飞扬。昨夜就寝前，我读到桑塔耶拿[①]《英伦独语》中一篇谈论友情的文章。我想到这篇文章，以及社会关系的结构和友谊在我人生里的作用，而彻底抛却负面的层面，如背叛、失望和怨怼。唯有断然扬弃不实和不快的思虑，才能保持真正的超然，彻底远离私虑。

我来来回回走动好几次，到决定下屋时，天色已经很暗，暗得连屋顶和风速计杆子也看不清，最后还是动用手电筒。下梯时，我注意到有一级梯子歪了，心中暗道明天可得修理一下。我脱下厚重的衣服，开始午后点油压灯的仪式。不知怎的，我把点灯当成一种仪式。油压灯的亮度比防风灯强一倍，可以照到屋里的每一个角落，但因太过耗油及会产生令人不快的油烟，所以我尽可能少点油压灯。不过，我渴望光明，正如口渴的人巴望喝水一样，况且夜里点上这种灯的感觉也大不相同，我觉得自己富可敌国。

我探指试了一下，桶子里的水已热，正好是做汤温度。在锅瓢叮咚、口里随意哼唱之中，晚餐准备就绪：热乎乎的豆子汤（以干燥的豆串煮成）、鲜嫩的煎小海豹肉，外加当甜点的玉米、茶、奶粉和罐头桃子，都很可口。吃甜点前，我到上头做

[①] 乔治·桑塔耶拿（1863—1952），西班牙文学家、哲学家，一八七二年移居美国，曾任哈佛大学教授，著有《理性生活》《存在的领域》等。

七点的例行极光观察。天色明朗了些,一束淡淡的光带从东南角划过西南角天际,但欠缺了些色泽和活力。我如实填写数据:H. A. 结构(同质静态弧状)、密度二、高度约为地平线上三十五度、右偏"小美洲"方向的亮度约为十度。

吃完了桃子,我把书籍和盘子推到一旁,拿出一副坎菲尔德纸牌①玩了几把,结果手气不佳,若以一点一美元计算,我应该输给庄家十五美元。接着是我唯一奢侈的消遣:听音乐。我上好留声机发条,放进施特劳斯的华尔兹唱片《醇酒、美女与歌》,放下唱针的同时赶紧去洗碗。我的打算是,在留声机停下前把碗洗好。留声机有个两倍长的弹簧,我又加装了循环播放装置,上一次发条可以让小唱片连播四五回。岂料今晚却没有声音。原因是机件内的油结冻。于是我把留声机放在炉子边上,不一会儿,唱片开始转动,起先速度很慢,音调甚是沉郁,然后越转越快。我把留声机搬回桌子上,开始慌慌张张地洗碗。今晚比留声机慢了十五秒钟,虽然留声机摆在炉子边暖身时先跑了一下,但我的表现真的很差。

我正把这档事写入日记时,突然想起忘了八点钟的例行观察,于是匆匆穿上外套,戴上帽子和手套,赶紧到上头去。天色仍然阴霾,最低气温为零下五十度,还是吹西北风,风势也还小,但我仍然可以嗅到雪暴的气息。我欣然下到舒适的小

---

① 一种单人牌戏,因创始人理查德·坎菲尔德而得名。

屋内。

除了十点的极光观察，这一天的工作可以说已经结束。剩下的几个小时，听听唱片，写完今天的日记……一天行将结束。我刚刚洗完澡，或者说得正确点，是洗了三分之一；我每晚洗三分之一，至于洗哪一部分完全是随兴所至，我只知道，这样"分期"洗澡的仪式可以使我心情平和。总之，我初次到"小美洲"逗留时，就以这种方式洗澡，结果也颇令人满意，毕竟我并非真的很脏。罗斯冰盾跟埃佛勒斯峰顶一样干净，洗澡只是习惯使然，此外，洗澡的确也是赏心乐事，每次洗完澡后，我总是觉得身心舒爽。

时近子夜，该是上床的时候了，我知道该做些什么。首先得用铅笔画掉日历上的一天，然后提雪，加入固态酒精片，以备明早泡茶之用，最后是检查一下各类仪器是否运作正常。室内检查完毕之后，还得上屋瞄一眼极光区是否有异状。打下双动顶门，脱去外套，关掉气压灯和炉火，开门，然后跳进睡袋，只留下头顶上一盏防风灯。这一部分的例行工作已经习惯成自然。屋内还有暖气时，我会看点书，例如今晚是接着看完《亚历山大行传》第二卷，到手指变麻时，就先确定一下手电筒是否摆在睡袋里，以便让体温保持电池不结冻，然后才吹熄防风灯。

我不像在家里一样强迫自己睡觉。就某种意义而言，我在这里的生活是为了体验和谐，让身体的作用达到自然均衡的状态。通常我不需多久时间就能入睡，不过在就寝与入睡之间，在半梦半醒之际，便足以省思生平了：将一生重组整编，以因应变动不拘的心灵需求。

目睹极光胸怀激荡

二十三日星期一，果如所料地起了雪暴，风速器嘎啦嘎啦地响，一大早就把我吵醒。我推开双动顶门，寒风疾灌而下，飞雪宛如白雾般迎面扑来。寒风吸走室内的暖气，炉火在穿堂风中摇曳，打开通风管出口仍无济于事。我断定，这跟见缝而入的飞雪有莫大关系。虽然拉下顶门并加栓，屋顶上也堆了二英尺厚的雪把我隔离于地表之下，坑道中的强劲穿堂风仍然不住地吹来。

四月宛如一艘近处的船逐渐驶离。从二十三日到二十九日，风势还算平稳，风速并未超过每小时二十七英里，但因时速十五英里时就会卷起冰碛，时速二十英里时就浓雾漫天，上头的情况很糟糕。寒风在冰盾上犁出匀称的雪面波纹，波峰硬而波谷松软，令人有行不得之叹。白昼云淡风轻，棉絮似的白雾使得晨昏时刻益发一片死寂，正午时分但见北方地平线一抹嫣红。我仍然继续逃生坑道工事。右臂已将近痊愈。我从无线电中得知，"小美洲"雪暴肆虐，外头的活动完全停顿，但除此之外一切安好。

四月三十日

今日天朗气清，我刚开始散步时月色甚是皎洁，连手表上的秒针也看得真切。满天沐浴着清光，冰盾似也吐出含蕴的温柔冷光。起先是万里无云，满天星斗闪烁着异常的亮光。头顶上耀眼的极光呈大椭圆形，由北至南横亘天际。从我所站立的地方看去，椭圆形的短径由东向西，圆弧的东半段正好在我头顶。光波闪动。圆弧南端外光华熠熠，好像在南极轴上垂着大帘幕，缕缕灿烂光波构成一道道折痕。

雪色银灰（不是一般人认为的白色），明暗不一，最亮的部分宛如一条小径般直通月亮，另有一小束微弱极光向东面迸射。

风从极地轻轻吹来，气温约在零下四十度到五十度之间。南极展现天然美姿时，风也为之静寂无声。

头顶上的极光形状开始变化，形成一条大蛇，往天顶方位缓缓移去。东面的小极光也扩大变亮，而几乎在此同时，高悬极地上的帘幕折纹，也仿佛受到天人拨弄般开始波动起来。

灵蛇飞卷，众星尽消，恍似宇宙间正上演一出悲剧，而代表邪恶力量的灵蛇却焕发着毁灭的美态。

灵蛇顿失。方才还灵蛇飞舞的天空，霎时再现清明，群星齐现，仿佛原本就不曾失色似的。我回头搜寻东面天际，却见小极光已消失无踪，高悬的帘幕似也被突然吹掠冰盾的风吹走。目睹这人世罕见的景象，令我胸怀激荡不已。

神游太虚以致迷路

然而，这和谐多半是心态使然，亦即肉体所赢得的片刻安详，实则天体荣华和地球光耀截然不同，即使在最为升华的心绪中，我也不敢忘记如履薄冰之感，一如登上断崖绝壁的人，在驻足浏览落日的当儿，兀自留心落足之处。即使在四月天，仍日日都有足以提醒与世隔绝之种种风险的事物。烟囱管、通风管，甚至无线电发电机的排气管，老是被白霜堵塞，阻绝通风，也使得屋内烟雾弥漫。此外，散步虽是主要消遣，我也始终不敢远离风速计视界之外，或距小屋西边约七十五码外，标示南队储物站高十英尺的雪标。这是毛德皇后山脉和"小美洲"之间唯一的路标，若是朔风陡起或浓雾漫天，我准会立时不辨东西。

人心无法持续对任何事物保持敏感，这是生存于惊险万状的条件中值得一提的特色。原因无他，司空见惯之余，感觉便会迟钝。死亡骤然而至的威胁虽会令人却步，但要不了多久，就会像个能言善道的乞儿般摒去惊慌的念头。当年本内特跟我飞往北极时，行至途中，突然有个引擎好像有什么东西松落，黏稠的汽油随风飞扬，沾满了整流盖。本内特脸色一白，我则如鲠在喉差点喘不过气来。接着，这种感觉陡然消失。"稳住方向！"我在便条纸上草草写着，本内特拇指倒竖，指指二千英尺下方断裂的浮冰，对我苦笑。惊惶之情虽退，漏油仍然叫我们操心，我的目光不断在整流器和油压计间梭巡，看看是否漏得更厉害。"这下糟了！"本内特冲着我嚷嚷。我知道，他的驾驶员本能已察知漏油有恶化的可能，但我已不遑回答。不管汽油是不是会在回航国王湾之前漏光，都不是我们所能掌控的。疾风狂劲，本内特收摄心神全力稳住飞机的方向，我则注意着偏航指示仪。在剩下的飞行途中，我们很少再去注意漏油。

惊恐和痛苦情绪最为短暂，也最易为人所遗忘，因此我三令五申要手下绝对遵守安全规定。我常对新人说："不只是今天明天，只要你待在探险队一天，就得讲究安全。"在极地之上稍有松懈，好不容易才在自己周遭建立起来的人为安全墙，便会在毫无警兆中瓦解。我怀着这种纪律感前来"前进基地"，虽然有时不免要强迫自己遵守，但多半是出于实际需要。

在我看来，在诸多危险中有三大风险最需注意。一是火，二是在冰盾上迷路，三是因受伤或生病而失去行为能力。在这三大风险当中，最后一项最难预料也最难提防，却又极可能发生，因此我也就特别留意。我的健康状况极佳，离开新西兰之前的全身健康检查也证明我健康无恙。我不太担心会生病，就这一点而言，南极可以说是天堂。南极是无菌大陆，浩瀚的海洋绝大部分时间结冻，隔绝了北半球充满细菌的文明，而宛如冰河时代的冰冻气温，即使盛夏也少超过冰点，使得能存活的微生物大部分处于被囊状态。唯一的细菌是我们自己带去的。

我曾亲眼见过，有人在热带感染疟疾断续发作，在极寒中不住地打摆子；还有一回是在冬夜里，流行性感冒撂倒了"小美洲"一大半的人马，而据医生的说法，原因是开了一箱旧衣物。我深信，"前进基地"就算有细菌存活，小屋内的温度也不足以让它们活动。

在一位医生朋友的协助下，我在"前进基地"设了一个医学图书馆，其中包括一本医学字典、格雷的《解剖学》、施特吕姆佩耳的《实用医学》等。有了这些参考书籍，从AAA（一种钩虫）到骨疡症状都能查到。另外还有一些麻药和麻醉剂（如奴佛卡因），以及皮下注射针筒。这些都收藏在食物坑道外科器材架隔壁，我这套外科器材可以说十分齐全，连做截肢手术都绰绰有余。它们摆在那儿，亮晃晃的，锐利无比。天知道，我根本无意动用这些器材，对每样器材的用途也只是略知一二。

我不希望有什么大事发生，任何人都不希望。我这有系统、非关个人的前置作业是从飞行中学来的经验，只是防患未然之举。举例来说，提取燃料油时，我习惯从燃料坑道远程的油桶汲取，如此一来，万一我因伤成残无法走远或提取重物时，就可以从最靠近坑道口的油桶提油。

火灾是重大威胁，我时刻都谨记在心。我准备了不少液态燃烧弹，但大部分都冻裂了，我很担心要是小屋失火便会一发不可收拾，因此在燃料坑道远程留了一整套的露宿装备，包括营帐、睡袋、炊具、一枚信号弹、一只信号风筝，万一小屋烧掉了，我只需把坑道掘宽些，就可以搭起帐篷暂住。不过，我还是时时小心以防万一，散步前必定先关掉炉子才离开小屋。此外，我深知看书很容易想睡，以及炉火烧到天明的诱惑难耐，但夜里必定先熄了火才钻进睡袋。

这防微杜渐、时时小心留意，不免使我回想起小时候，哈利、汤姆和我兄弟三人玩战争游戏的光景。哈利年纪较大，已到了有点瞧不起儿戏的年岁，汤姆和我则是筑垒建堡玩得不亦乐乎。用薄纸盒堆砌的"假城堡"玩腻了就甩开，但细心堆成的土垒棱堡却把我们家院子变成固若金汤的城池，家母每每惊怒交集，因为不但她的院子全毁，稍一不慎踩上埋伏，顿时假毛瑟枪齐发，令人胆颤心惊，如此坚固的防御较诸任何围城均不遑多让。我们的防御工事除不时遭别家孩童掷石头一探虚实之外，还时时受到"敌军"的威胁，以汤姆的话来说，他们的人数之众已经到了"歼敌"的程度。我们唯恐敌人会夜袭大营，于是在原本应该就寝的时间里，偷偷溜到屋外去把守城楼，一直到其中一人轻声唤道，书房内的老爸已将法律书籍放到一旁，这是趁门还没关之前尽快撤退的信号。

除了现在只有我一人之外，"前进基地"的情形大致相若。它的敌人虽不可见，却也并非纯粹出于想象。每天检查防御工事，例如用装有钉头的长棍敲掉通风口上的结冰、把科学观察记录藏到坑道等，有时想想，倒也跟荒唐的游戏颇为雷同。不过我现在所玩的游戏兹事体大，即使连每天散步这种简单的事也大意不得。我在小屋南北两侧各标出一条将近一百码长的小径，依海军的术语称之为"顶层甲板"：每隔三步插上一根两英尺长的竹竿，竹竿之间以"生命线"相连，如此一来，即使在最恶劣的天气里，我也可以像盲人一样，攀着绳子来回走动。我常在冰碛蔽空，视线出了防风衣头罩便一无所见，满眼混沌、绳索犹如细丝的时候出去散步。

天气晴朗时，我可以随兴所至延长散步小径。这时，我腋下夹着一把竹片，每走三十码左右，就将一根竹片插在雪面上，竹片用光时再回头，沿路回收竹片，收到最后一根竹片，我也完成了一趟散步。这些竹片很轻，携带容易，足可标出一条四分之一英里长的小径。我常改变方向，但变与不变其实没有多大差别。不管这四分之一英里是朝哪一个方向，眼中所见的景象毫无二致。其实，就算我往东北方走一百七十五英里到洛克菲勒山脉，或往南走三百英里到毛德皇后山脉，或西行四百英里到南维多利亚地群山，所见也全无不同。

不过，我可以运用一点想象力，让每回散步"好像"都不一样。有一天，我想象散步小径是波士顿灯塔山水涯边，我跟内人常去散步的空旷草地，眼前便幻化出在岸边和熟人碰面、掬饮波士顿清泉的光景。这散步小径毋需一成不变，它好像橡皮筋一样，可以随心情伸展，譬如在我阅读尤尔的《马可·波罗游记》那几天，我就随时来回变换时间和空间，依那神奇游记把散步小径分成几个阶段，在六天十八英里路的散步中，就

第三章 四月　　93

从威尼斯悠游到中国，看遍了当年马可·波罗所看到的一切。有时散步小径回溯到太古时代，看见冰河时代的悠悠波动，牵动着昔日属亚热带的南极大陆，也牵动着昔日的北美洲。

我把时序往前推，看见无数个世纪前流冰从北极汹涌而下，所向披靡，无坚不摧；我看见惊涛拍岸，前缘如削，所到之处遮山蔽海，独存山头，把现今纽约到加州沿岸凿成锯齿状，也形成了高耸的滨外沙埂。我看见压力堆出无底海堑和巍峨山脊，也看见磊磊冰块，纷扰四散。在这无数个世纪间，我所看到的无非是森森寒冰，所听到的莫不是萧萧风声，所感觉到的只是死寂。不过，最后我终于看到寒冰不知不觉地消退，冰融海升，阳光普照下复苏的大地，群山刨削一平，众河改道，而在欧亚大陆边缘，我看到了人类以极原始的工具孜孜矻矻为历史奠基。

北半球如斯，有一天，寒冰仍然掌控大地的南极也将如此。我曾告诉自己，不同的是，寒冰退去之前，游艇已从桑迪胡克而下，冰碛荒漠上观光旅馆处处。

神游太虚固然有趣，但诚如我这次经历所验证的，稍一不慎便危机四伏。我心情甚佳，于是决定比平日走得更远些。当时稍有吹雪，罗斯冰盾上十分晦暗，但我不以为意。来回徜徉半个钟头之后，我转身往回走，立在雪地上的竹排却已不见踪迹！我在神游物外之际，不知不觉已超出了竹标的范围，此刻才赫然发觉，不知自己走了多远，也不知自己是朝哪个方向走，要回头已不辨西东。我心存侥幸，以为雪地上可能留有足迹，手电筒四下梭巡，却不见坚硬雪面上留下靴痕。这下非同小可。我按捺住拔腿狂奔的冲动，仔细权衡自己的处境。

这事非解决不可，于是我再次把藏在靴筒内保暖的手电筒抽出来，用底端在雪地上刻个箭头，标示出来的方向。我动身前看了下风向鸡，记得当时吹的是南风。当时风吹左颊，现在还是一样，但这没有太大意义，因为风可能转向，而我则是跟着打转。一想到自己迷路了，我差点魂飞魄散。

为免越走越远，我用靴跟踩碎雪块，在箭头尾端堆个十八英寸高的标志，权充基准点。这可花了好一段时间。我直起身子端详一下天色，但见两颗星星跟我刚才止步的方向呈一直线。这是托天之幸，因为刚才天色还是阴霾，就连现在也只有一两处云破星露。以领航员的术语来说，星星提供了叠标线，基准标志则是始航点。于是，我眼睛看着星星，小心翼翼地向前迈了几步；走了一百步，停下，手电筒四下照射，所见依旧是荒寒冰盾。

我怕失去雪标方位，不敢再走远，于是往回走，同时不住地回头看那两颗星星，保持直线行进，岂料到一百步时却不见雪标。我立时处于恐慌边缘。紧接着，手电筒照到雪标就在我左手边约二十英尺开外。看到这一堆惨白的雪虽然没什么开心的，但起码不致让自己觉得像无头苍蝇般。第二次尝试，我左旋约三十度，结果跟前一次一样，到了一百步仍然毫无所见。

"你迷路了。"我告诉自己。我脸色一白，忽然醒悟，应该

第三章 四 月

加长半径，但如此一来极可能永远找不到回唯一定点的路。但除非我想冻死，否则没有别的选择；不管离小屋一千码还是五百码，都会冻死。因此我决定刮一小堆雪做第二个标志后，再循同一方向往前走三十步。到了第二十九步时，蓦地瞥见约三十英尺外就有一排竹竿，喜出望外之情，比起海难水手瞥见远处有船过来犹有过之。

第四章
五　月

Ⅰ：幽情

五月的头几天，并没有月底我会遭逢大难的迹象。相反，这几天可以说是难得的好日子。雪暴已去，寒意从南极下移，残阳红光在暗黑天空上一轮冷月的对面迸射，犹如篝火。五月前六天的温度大多在零下四十到五十度之间，平均是零下四十七点零三度。起风的情形很少见，冰盾上万籁俱寂。这种纯然的寂静就像是瀑布或稳定熟悉的声音一般，有时不免令人昏昏欲睡，这是我从来没碰到过的。有时它又像突然一声异响般，不由分说地沁入意识之中，令我油然想起飞机引擎在飞行中突然故障时所产生的空茫感。在这冰盾之上，这寂静宛如有形，广大无方，我不由自主地竖起耳朵倾听——虚寂冥廓，除了寂静的悸动之外毫无所闻。在地底下，这寂静密实而又集中，我在看书时常常凝神屏息，疑念丛生，好像是房子的主人怀疑有人闯入一般。紧接着，屋内众声四起，炉子嘶嘶声、仪器嘎嘎声、经纬仪交叠滴答声,等等,仿佛不好意思匆匆走过似的,陡然冲破无声之域。有一次,大风过后,我突然莫名其妙地从沉睡中惊醒,好一会儿才恍然大悟,我的潜意识已习惯于烟囱管嘎嘎声响和头顶上雪暴犹如惊涛拍岸声,忽然的沉寂反而觉得顿失所倚。

这事甚为诡异。我恍如猛然掉到别的星球上,或一处毫无所悉也毫无记忆的地域中。不过,有时想想,我学到的正是哲人素来反复申说的体验——一个人在万般匮乏的环境下,也可以过得很有深度,这对我倒也大有裨益。在疑真疑幻之中,与既神秘又真实的外界合而为一的升华感汹涌袭来,叫人不容否认。我终于了解梭罗所谓"浑身是知觉"是什么意思。我时时觉得,自己这一生就数这时候最为生气蓬勃。摆脱了物质的牵绊,知觉在新的面向中更为敏锐,在天上、地下和心中,随意或寻常的事物,平日纵使注意到也不以为意,如今都变得刺激和不可思议,诸如:

五月一日

今天下午,我在风形成雪地波纹的背风面,发现极为罕见的结晶雪,轻如棉絮一般,一呼气就会像风滚草似的滚开,脆弱无比,一吹气就会碎成片片,我称之为"雪绒"。大部分雪晶不过四分之一英寸大小,有的小如弹珠,有的大如鹅蛋。它们显然是早上的西风吹来的。我掬起雪晶装在盒子里。这可不容易，因为，我虽是轻手轻脚，但这些雪晶稍一惊动就会飞走。这盒子有鞋盒的一半大（相当于六百立方英寸），但融化后不过半杯水……

稍后，我在散步时初见月晕，只是暗道这月亮的光华亮得出奇，并没有多想，后来大概是月光产生了微妙的变化，把我的注意力又拉回到天空上。我抬头望去，但见月晕泛过月亮表面，就在我观望当中，月晕悠然环月，形成明亮的光环，霎时间，几道同心圆色带将月亮完全围住，看起来好像彩虹圈着一枚大银币似的。外缘色带呈苹果绿，直径约为月亮的十九倍。这变化只持续了五分钟左右，接着，也像彩虹一般，缤纷众色从月亮中退去。几乎在此同时，殷红极光发出十几道流光，跟黑带纠结在一起，从月眉直迸而出。紧接着，流光亦逝。

五月三日

……我再次看见在东南方接近地平线的地方，一颗星星亮得吓人。几星期前乍见之际，我立时产生幻觉，以为是有人向我打信号；今天下午，这念头又浮现脑海。这颗星煞是奇怪，隐现极不规则，像极了光线在闪烁。

最近风速计常出问题，我每天得爬上标杆一两回，刮去接点上的积雪。气温在零下五十到六十度之间，很稳定。但我不得不承认，天气之冷是我没料到的，每次爬上标杆，双手、鼻头、两颊各别或全部冻着已是家常便饭，今天我改变一下，冻冻下巴。不过，这工作其实还不算挺糟……

五月五日

今日天气甚佳，虽然万里无云，冰晶飞飘，空气中笼罩着若有似无的薄霭，但到了午后，冰晶消失，罗斯冰盾北面弥漫着罕见的粉红光，宛如涂抹上粉彩一般；地平线是一抹殷红，鲜艳胜似血，地平线外泛出草黄色海洋，海岸却像夜色般，无尽的蓝一脉蜿蜒。我端详天色，许久之后才得出结论：如此美景只许远处险地独有，大自然从胆敢趋近目睹的人拣择牺牲者，自有它的道理。独处的幽情泌入心中不易排遣，但失去丰饶地平线那头的世界的太阳光和热，有这冷冽却生气蓬勃的霞光余韵便足以弥补。

今天下午我想来点变化，决定沿着向小屋正东方延伸的无线电天线线路散步。气温在零下五十到六十度之间，不算太冷，但我赫然发现电线上挂满白霜，多处凝聚成自然形状，我双指合拢就可以圈起。冰霜的重量使得杆与杆间的电线下垂，呈一大弧状。

约一天前，我趁太阳未离开之前，在最后一根电线杆二十码外插了根竹竿，以备万一起雾或风暴看不见电线杆时充当标杆。今天，我轻易地就找到了这根标杆。

我站在那儿想着别的事，突然想起炉子没关。我赶忙回头，这时，好像铅笔似的最后一根电线杆黑影还隐约可见。我脑袋缩进防风衣头罩里，没有留意落脚处，陡然，我感到自己往下掉，同时身体猛地斜向一旁。之后，我听不到任何声音，待回过神来，才发现自己一条腿挂在冰隙口边，赶忙爬出来。

我静卧不动，以免稍一不慎把支撑的冰棚也震断。然后，我一英寸一英寸地慢慢爬开，到了约两码开外才缓缓站起身来。想起方才千钧一发的情景，我不禁浑身发抖。

架在暗隙间的冰桥甚是结实，表面上绝对看不出来。我用手电筒打量一下，只见我刚才踩出的洞还不到二英尺宽，冰棚约有十二英寸厚。我趴在雪地上，用手电筒照进隙口，但见这冰隙深不见底，起码有几百英尺深，洞口只有三英尺宽，越往下越宽，形成一个大洞，洞壁的颜色从蓝色到冰海的祖母绿，不一而足。洞壁上不见有一般的结晶，显示这冰隙是最近才形成的。

我满怀庆幸地走开。托天之幸，我跨越隙口的角度恰好跟洞身呈直角，若是换作别的方向，我准会一下子直落洞底。我暗道奇哉，出门时经过居然没有掉落。可能是我刚好踩到脆弱的部分吧。为免重蹈覆辙，我回头拿了两根竹竿，插在洞口前面。

五月六日

今天我摔坏了室内温度计。虽然室内温度不在气象观测记录之内，这其实不是什么大不了的事，但我很想知道夜里熄火之后，室内究竟会冷到什么程度。

我在好奇心的驱使下询问"小美洲"股市情况如何。这是一大失策。我既无法改变形势，担心便是多余。我在离家前把自己的钱做了自以为审慎的投资，希望能赚点钱，减少些探险队的债务。如今，在节节高升的营运开销之外，加上这笔额外的损失，可说是灾情惨重。唔，反正我在这里用不到钱，上上之策是摒除外界种种令人心烦的琐事。

追究意志消沉的原因

命令心智是一回事，让心智从命又是另一回事。两者的差异本质上就是在"前进基地"自制的根本，我的日记里有文为证。"不知什么事使我意气消沉，"日记中写道，"我这一整天焦躁不安，晚餐后便无精打采……只要查出问题根源，这原本不是什么大不了的事，但我心绪不宁却找不出原因何在，因此，今晚我不得不首次承认，保持心情平稳的确是件大事……"

现在这篇稍嫌冗长的日记就在我眼前，日记中是怎么写的我记得很清楚。晚餐过后，洗完碗盘，午后八点观察稍有异常，接着，我定下心来看书。我拿起已读了一半的凡勃伦[①]《有闲阶

[①] 托斯丹·邦德·凡勃伦（1857—1929），美国经济学家、社会学家，应用进化论和动态学方法研究经济制度，是制度学派的创始人，著有《有闲阶级论》《企业论》等。

级论》，书中内容在形只影单的"前进基地"似是缈远绮思。于是我换了一本《海洛薇兹和阿伯拉德》[①]，不一会儿就眼痛头痛，虽然不太碍事，但书中文字却开始黏糊在一起。

我心想，光线充足些就没事，于是起身把灯捻亮些，玩了几把单人跳棋。但这招不管用，我用硼酸洗洗眼睛，依旧无济于事。我整个人焦躁不安，莫名地烦躁，就是无法专心。我起身踱步。我的行动几乎是机械性的：走两步低头闪过灯，侧走一步避开炉子，再往前一步在床铺边转身，三大步从门边到无线电机组，再回头三步，如此周而复始循着L形不断走动。习惯已养成，我离开"前进基地"好几个月后，每回碰到焦思苦虑的时候，都会以这种方式在屋里踱步，步伐不自觉地受到"前进基地"小屋格局的影响，不时低头闪身。

那一晚，我好像是上紧发条的时钟，在空荡荡的屋里空鸣一般，始终心神不宁，每做一件事总是草草了事，半途而废，似乎跟心里无尽的期待全不相干。生活上的无用和空虚，全表现在从椅子上跳起来这个简单的动作上。一般人日常生活习惯中，从椅子上站起来必然有目的，这迅捷的力量促使他去从事无数的工作或机会，但对我而言，起身后所面对的只是空荡荡的墙壁。

[①] 讲述十二世纪女修道院长海洛薇兹的爱情故事，海洛薇兹早年与其师法兰西经院哲学家阿伯拉德相恋，育有一子，后被人拆散，遁入修道院。

第四章 五 月

日记可以证明，我一直设法理出个头绪。我把情绪抽离出来，像端详自计气象仪一般审视。是不是白天有什么事出了差错？没有，今天天气怡人，虽然气温在零下五十度，但我在逃生坑道卖力工作，晚餐吃的是鸡汤、豆子、脱水马铃薯、菠菜和桃子罐头。莫非我在担心外界的事？正好相反，无线电联络时所得到的都是令人宽心的消息：家人安好，"小美洲"无恙。债务虽是个问题，但已是家常便饭，以前能偿付，这次也可以还清。至于我的身体状况，除了眼睛和头隐隐作痛之外，我觉得很好；反正只有在夜里才会痛，而且通常在就寝前就会消失。也许是炉子油烟的关系。若是如此，白天开着炉子的时候，最好把门打开一小缝，或在外头待久一点。饮食可能也是原因，但我不太相信，因为我一直很注意补充维他命。

"最可能的解释是，"那晚我在日记中归结道，"问题出在我自己。很显然，只要我能五内调和，让可能彼此冲突的东西相辅相成，同时让自己更加融入环境，应该可以宁静致祥。也许是这冲和、黑暗和缺乏生命的氛围太沉重，我不能一下子完全吸收。我无法接受这事实，因为我来这里不过四十三天，往后还有好几个月同样的日子要过……我若想活下去，或保持起码的心理平衡，就得控制和引导自己的思绪。这应该不难，只要是有点智慧的人，应该都可以在自己内心找到生存的法子……"

尽管事隔多时，我仍然认定这才是合理的态度。唯一问题是太过合理，推论太过恰到好处。我现在能看出漏洞，当时却少了这点先见之明。正如我那一晚的推论，外界的关系和作为并没有侵入我的生活，这可从那几周绝对的平静得到证明。我在结论中说，审视和控制心思是免得外务干扰的上策，这也没错。但除此之外还有个事实是我那晚没体会到的，那就是，全身复杂的神经和肌肉系统，所屏息等待的就是这熟悉的外界刺激，无法理解它们何以会被拒于千里之外。

不论是像我一样刻意为之，还是像海难水手一样事出偶然，人的确可以从习惯和日常设施中跳脱出来，强迫自己的心忘记。但我们的身体还记得，不是这么容易可以支吾过去。习惯已经构成物理化学活动和反应自动系统的核心，时时需要补充。冲突即由此而生。我认为，人不能没有声、香、味、触的感觉，正如人不能没有磷和钙一样。我使用"冲和"这个模棱两可的字眼，就是这个意思。

所以，我在南纬八十点零八度上学习。站在罗斯冰盾之上，望天沉思冥想，沉湎在不敢奢望拥有的美景中，何快如之。美景当前，人人都可以超越天生的愚鲁。此外，纵情于知性恍惚悠游，感受心在森罗万象间穿梭，恣意神游太虚，也是美事一桩。身体屹立不动，心神自由自在，宛如乘着韦尔斯的时空机器，灵动异常地遨游宇宙穹苍。

在无声的黑暗之中，知觉孑然独立，心神亦然。不同的是，前者执守，后者却可像隼鹰般翱翔，而且，那自由抉择和机会始终凸显后者的贫乏。我禀性深处时时涌现出强烈欲望，希望

第四章 五 月

轰轰烈烈地投射在心神重游处的活动和蓬勃生气中。这欲望通常没有明确的焦点，也不追寻单一事物，而是在人生万象上奔逐摇摆，诸如全家共聚的晚餐时光、楼下房间内众声喧哗、寒雨冷冷之感。

这些都只是真实所显现的小事，本身并不是真实，但这些小事，乃至千百种类似的记忆，到了夜里却齐赴心头，没有宝贵记忆所具有的祥和、生机盎然的力量，而是带着苦涩和撩拨，仿佛是广大而不是全然可识的吉光片羽，我已经永远失去它们，不可复得。那一晚，我的心情基本上就是这样。手拉着床罩，心思百转，想着已一去不回的生活；以前怀着这种心情去散步，以后同样这样散步，而那午后激昂的静谧，却像报废的火箭一般衰竭。

追求身心平衡

尽管如此，我还是实施严于律己的人应有的教导。律己也许不是很恰当的字眼，因为我所做或设法想做的，只是把思虑集中在健康、有建设性的意象和理念上，借此驱除不健康的思绪。我在现在和过去的我之间筑起一道墙，尽量从最贴近自己的周遭环境里，抽绎出固有的消遣和创意。我每天实验新的方法，以便时时增添些新的内容。依桑塔维纳的说法，"感恩的环境"可以从外激发我们，一如善行懿德由内在激发我们一样，

"是幸福的代名词"。我所处的环境本来就是艰险万状，但我可以设法让它变得怡人。我的烹饪速度更快了，气象和极光观察更专业，做起例行工作也更有条理。我的目标是完全掌握触发的时机。我散步时间加长，书看得更勤，思绪集中在客观的层面上。换言之，我决意料理自己的事。

在此同时，我也固定地实验寒天衣物。在屋内，我平日穿着包括厚毛衫、短裤和内衣裤（中量级）、两双毛袜（一双重量级，另一双中量级），外加一双自制的帆布靴，以海豹皮薄带为底，半英寸厚的毛毡为边，踝部以皮带扣紧靴底。比起身体其他部分，脚部感受寒气最快也最久，最容易受冷，这是因为脚部空气循环不比身体其他部分，更因为寒雪的冷意传导到脚部，引起凝结作用。帆布的渗透性可以部分解决第二个问题：靴子做得比平常长两英寸、宽半英寸，有助于循环。这靴子看起来跟马铃薯袋无异，功效倒是真的不错，每回要在外头久待时，我总会换下湿的袜子和衬里，放在炉边烘干。靴子的内底沾了一层冰始终不化。冷已经不足为奇，这经验也让我学到：保暖的诀窍不在于衣物的多寡或厚薄，而在于尺寸和质地，最重要的是穿着和保养的方法。

到"前进基地"不久之后，我只要瞄一眼温度记录器，就知道到上头该穿什么。若只是很快观察一下，只需穿戴帆布防风衣、手套和可以拉下护耳的毛线帽；若是要铲雪，就得换上头盔、防风袜子、裤子和风雪大衣；散步时，我会在防风衣物底下加件毛线衣，所谓防风衣物，其实只是未漂白的棉质衫裤，质料跟一般的床单布相同，没什么神秘的。毛线衣即使有半英寸厚，寒风依旧可以直透而入，反之，薄似纸张的防衣物从头到脚包紧，下颚和腰间再以系带或松紧带绑紧，寒风便很难透入。最理想的质料不是完全防风，而是要能透入相当的空气，才能避免湿气凝集。温度在零下六十五度时，我通常会戴上由铁丝架罩上帆布所制成的面罩。头罩有两个通风口通到口鼻部位，眼睛部分有个椭圆形的缝隙，吸气时用鼻管，呼气时用口管；由于呵气成雾会结冻的关系，口管没多久就会堵住，得随时用手拂去。若是天气极冷，而且又得在外头待两个小时以上，我通常会穿戴上毛皮行头（长裤、风雪大衣、手套和皮靴），这些都是以鹿皮制成，是最轻又最具弹性的保暖衣物。有了这些保护，我就可以像潜水员一般在严酷环境中悠游。

　　五月也跟四月一样，要做的事一样也少不了。在寂静、冲和与缓缓搏动的夜里，我的生活绝不是沉滞的。我是雪暴和极光观测员、守夜人兼告解神父。好事、坏事，总是有事。举例来说，为了要节省汽油，我取消了星期二跟"小美洲"的无线电联络，因此多出了不少空闲时间，剩下的两个例行工作也就显得益发活泼。戴尔诚恳而不失礼数地念着我们自创的暗语，其中少不了关于家人的消息："A 代表阿瑟（Arthur）、L 表示笑（laughter）、C 是天花板（ceiling）……"我耳中仿佛还听到他在念。偶尔也会有朋友的消息。有一则电文来自白宫老友罗斯福总统，他希望"永夜不致太冷，风不致太强，妨碍随兴夜游"。波尔特、罗森（已完全复原）、赛普尔、诺维尔、海恩斯或英尼斯-泰勒总是会插进来，有时谈论探险队上的问题，有时纯粹是为了打发时间。

一波未平，一波又起。我每弄通一项，就有另一项出毛病。我刚恭喜自己精通了气象观察人员的工作，室外的温度记录器却出了毛病。这设备在上头仪表百叶箱内，连动杆、记录笔、滚轴和板面上都结了白霜。这次，我把仪器搬进屋里，换记录纸和做若干调整，发现是温差造成金属表面结霜而故障，只得再搬到凄冷的坑道内调整，手上只戴丝质手套保暖，但即使是丝质手套，在修理速度调节器时仍感到极不顺手。这调节器想必是专门发明出来整气象人员的。

如此这般，即使独居在罗斯冰盾中心，还是有很多事忙不完。日记中写道："……今晚我玩了两把坎菲尔德单人纸牌，不得了！这也是我玩的唯一牌戏……我最喜欢的唱片是《家在农场》，这是我学会唱的第二首歌（另一首是《带我回弗吉尼亚老家》，但我只在飞机驾驶舱内没人听到时才敢唱），今晚我是边洗碗边唱。幽居虽没有让我歌声更甜美，但我颇能自得其乐。今晚可说是'狂欢之夜'。"日记已成为一种把思考化为言语的方式，不再只是单纯的记录。这是填满就寝前最后一小时的好办法，也有助于稳定我的人生观。例如：

五月九日

……我决意要消解晚餐后的沮丧期。今晚之前,我的心情已经好转许多,现在却又无精打采。理智告诉我,我没有沮丧的权利。我在化解莫名焦躁上的成绩比预期的更佳。我似乎已经学会了如何保持思绪和感情的平衡,因为我并没有感觉到无谓的焦虑。因此,我怀疑心情不佳也许是某些东西影响到身体的缘故,也许是炉子、煤油灯或发电机的油烟。果真如此,那么心理状态也许可以抵销油烟毒害所造成的沮丧。

我的敌人既然是不可名状,仔细审思自己的状况便十分要紧。这倒不是说我变得内敛自省,也不表示我自律过严。我的思绪十分客观。不过,既是有害的东西影响到我的身体,这影响跟心理平静又有什么关系呢?确实有几种身体上的病痛会造成心情沮丧,问题是,不以为意甚或否认它的存在,对于克服这种影响究竟有多少功效?万一失调是来自脏器或宿疾、食物不佳、细菌,或炉子排放的废气,那么,给予心智妥善引导,究竟能让身体产生多少抵抗力?

也许是外物对身体造成伤害,而下意识的负面情绪又使事态更为恶化。那么,我就是身心都有病了,非得打破这种恶性循环不可。身心究竟是平行的个别存在,还是生理大部分是心理使然,而心理大部分又是生理使然呢?身心之间的分野究竟多大?形固然可以役心,但以心役形岂不最自然也最佳?大脑是身体的一部分,但我并不觉得脑的存在,心似乎才是真的

"我"……

究竟哪个是我？身、心，还是两者？找出个中真相，事关重大。除了眼睛有点痛和肺部对寒冷还是很敏感外，我并未感到体力有衰退的迹象。我确信饮食跟心情没有关系，至于油烟则得打上问号。因为眼睛和脑袋隐隐作痛都是在傍晚时分，也就是在炉子长时间生火之后；无线电联络之后，汽油引擎开动过久，坑道内的空气确实也比较浓浊。不过只要保持通气口不被冰雪堵塞，通风状况还算良好，我不太相信炉子和引擎的废气真有那么大的伤害……

我还记得，写完上述的日记之后，我起身检查炉子。我四处走动，好像怀疑朋友存心不良似的，悄悄地窥视这简单的机械，但我的神情想必异常严肃。炉子看来滑稽多过于邪恶。这当儿，它正执行着为浸泡内衣裤的水桶加热的谦卑任务，燃烧器的嘶嘶声显得有气无力；及膝高的小炉子连着长管子，看来十分滑稽突梯。我只找到两个毛病，一是燃烧器时时有啪啪爆裂声，以及桶子在融雪时会滴水冒烟；二是管子容易积冰，当冰融化时则顺着管子滴进炉子里。我已经在直角接头的地方凿了个洞，以防冰水流到燃烧器，若是这招还不管用，我只须把接头拗成V字形，就可以做个简便的排水瓣。

除此之外，我想不出还有什么该做的。老实说，不须再费事。以通风管运作的环境来说，表现已经很不错了。屋内空气绝对足够。白天，我不时把门打开一两英寸宽，待冷得鼻头作痛才关上门。为了让室内较远的地方更活泼些，我把一个角落取名为"棕榈滩"，另一边叫"马里布"，但在门开着的时候，若不穿上毛皮长裤，这两个角落很难令人有舒适感。这是千真万确，我常在无线电联络时，倒杯水放在电键旁，想到要喝时已经泛着一层浮冰。

诚如日记中所说，饮食提供适量的维他命，我已是心满意足。真的，我的腰带已经缩了两孔，这个月结束前还得再缩一孔。这是可以预期的。我对营养学和探险之间的关联做过深入研究，特别是在维他命方面，为了安全起见，我还参照朋友约翰·凯洛格所送的权威著作《新营养学》。起先这本书遍寻不着，最后才在无线电联络时，请戴尔派人去找赛普尔，问他到底把书放在了哪里。十分钟后，赛普尔回话说，他最后看到那本书时，是在阳台的一只箱子里。我依言找到那本书。

我很快看了一下，证实我所料不差。也就是说，就食物的选择而言，我的饮食完全平衡。不过，我还是请"小美洲"请教纽约一家全国知名的食品营养实验室，俾作核对。那儿的专家很快就回复说，我的饮食各方面都很恰当。

五月十一日

早上十一点十五分，时间虽已不早，但我还是想提提方才的体验。午夜时分，我到上头观察极光，只见从北面到东北面的地平线上一点红光，我在等待午夜时分到来前，以自制的循环播放器播放贝多芬《第五号交响曲》。夜静谧清明，我打开小屋房门和双动顶门，站在夜色中张望，但见我所喜欢的星群明亮如昔。

不多时，我恍觉眼中所见和耳中所闻合而为一，两者严丝合缝，音乐声仿佛与天空上的变化歘然冥合，音符扬起时，地平线上隐约的极光搏动加速，披散成弧状，光柱如扇形般泛过天空，约到天顶位时音乐也渐强。音乐与夜合而为一，我告诉自己，所有的美都一样，同出一源。英勇无私的行为本质上也跟音乐和极光相同。

午后十点。幽居是绝佳的实验室，正可观察礼仪和习惯受他人限制的程度。我的餐桌礼仪倒退了几百年，只有恶劣两字可堪形容。事实上，我已经不讲究礼仪。我可以随兴用手抓着吃、挖着罐头吃或站着吃，换言之，以最简单的方式。吃剩的就倒进脚边的馊水桶里。现在想想，这样吃很方便，本来就没什么不可。我还记得伊壁鸠鲁说过，一个人独居过的是野狼般的生活。

一个人过活，排场派头的需要几乎荡然无存。起先我一碰到不顺心的事，马上就耐不住性子开骂，现在已经很少口出恶言了。修理风速计上的电路时还是跟当初一样冷彻骨髓，但我知道夜广袤无垠，口出恶言吓不了别人，因此我只是默默地工作。

我的幽默感还在,但唯一的源头是书籍和我自己。再说,我能看书的时间毕竟有限。今天早上,我一手拎着水桶,一手提灯进屋后,把灯放在炉子上,挂起桶子。我看了看,不禁笑了起来,不过现在我好像忘了怎么笑出来,只会心微笑。这不由使我想到,出声而笑基本上只是分享欢乐的作用。

此外,我还发现,少了谈话的对象使得我不太容易以"话"思考。有时我会在散步时自言自语,听听自己的话语,但觉空洞而陌生。举例来说,今天我想到缺乏娱乐对生活的特殊作用,却无法以语言形容。我可以感觉到现在的生活和正常生活间的差异,却无法用语言贴切地表达个中微妙之处。可能是因为我已经深入内心,既然感受更为直觉和正确,所感所觉已不需要进一步界定……

我已经几个月没理发。我之所以任头发长长,是因为发长至颈间可以保暖。至于胡子倒是每星期刮一次,因为到了外头呼气成冰,沾在胡子上很讨厌。今晨我对镜端详时得出一个结论:身旁没有女人,男人就不会虚荣。我双颊起水泡,鼻头也因冻伤不下百次而变成蒜头鼻。外表一点也不重要,要紧的是我作何感想。虽然我跟在家里一样保持清洁,但清洁和礼仪、卖俏是不一样的,清洁是图个舒适。晚上洗澡时通体舒畅,若是内衣裤不洁,一碰到就会觉得不自在。

我一直在分析离群索居对人的影响,但诚如前面所说,我只是觉得少了些奢侈品,却很难用言语来形容。在文明社会里,必要的群居生活使我无法看清无数的消遣和娱乐究竟有何重要作用。我发觉,突然少了这些的伤怀却远出乎意料。也许是出于弗吉尼亚人本色,我倒是怀念不时地有人奚落我两句。

五月十二日

……此地的寂静掷地有声,宛如有形有质一般,比冰盾偶尔的嘎嘎声更真,比雪崩时的震荡更沉……似乎与寒冷、黑暗和时钟不断的滴答声一样,俨然成为这莫可名状的"冲和"的一部分。这冲和带着不变的心情充满虚空,用餐时坐在我对面,夜里和我同床共枕;思绪飘不了多远,终究会被它逮个正着。它的至极奥义无始无终。我的心情常常飘浮其上,心情一过则不期然会渴望变化,如看看树木、岩石、一把土,听听雾角声等属于活动和生动世界的事物。

我不慌乱。这是重大体验。晚餐后的消沉可能就是因为这时我们期待有人相伴,而友朋皆已不在。我意外地习惯于早上自己醒来。这本能莫名其妙地消失,又莫名其妙地恢复。过去这两个星期来,我都能在跟心里预设时间的十分钟误差内醒来。

我越来越心不在焉。昨晚我把糖放到汤里,今夜我舀了一汤匙的玉米粉,原本是要舀进平底锅,不料却撒在桌子上。我看几份旧英文杂志,开头是看侦探故事连载,关键的两集却怎么也找不着,没办法只得换爱情故事,但想到地平线那头的男欢女爱，总觉得怪怪的。毕竟，此地是未曾有女人涉足的大陆，这句话再贴切不过了。事实上，前几次我的探险队员在返国后匆匆踏入礼堂，已足以提供有力的证据。在"小美洲"的四十一人当中，有三十一人是单身汉，其中几位是在新西兰碰到女人就结婚，还有好几位是一回到美国就立刻结婚。两位年近五十的老光棍回家后不久就结婚。剩下几位的孤独难耐可想而知。

五月十六日

已经一个星期没有晚餐后心情沮丧了。不是我自信过人，而是我相信自己已经克服……

五月十七日

……今天又难得闲暇。多亏公式化的做事方式，我才有形同无限的时间，可以从事心智活动。只要我喜欢，可以一页书看上几个钟头。今夜我自忖道，生活何等充实而单纯——我唯一所欠缺的就是诱惑。

部分是出于好玩，今晚我在沉思和谐的问题。我认为，人既然是宇宙不可分割的一部分，既然宇宙万物的流动优美柔畅，一如原子中的电子和质子、太阳系中的星球或银河里的星星，那么正常的心智应该也可以同样和谐无碍地运作。

不知怎的，我的思绪似乎比往日更容易调和……

这是难得的时刻。我只觉心纯然地安详，乘着想象的和畅、浪漫的浪潮悠游，就像一艘船随着周遭环境的力量和目的漂流一般。心凝神释的时刻不多见，但仅这吉光片羽便足以快慰平生。我发觉此时自己内心平衡，且庄严的回影持续许久。此刻，世界如诗，是一首"静中情"的诗。

　　也许这段时间只是我年轻时代的重现。我有时确实有此想法。幼时，我常在夜里溜到屋外，到离家有点距离的格拉斯树林散步。谢南多厄山谷黑影幢幢，对小孩子来说是有点可怕，但每次驻足仰望天空时，总有一种介于安详和悸动间的情绪浮上心头。当时年纪尚幼，还无法细细品味这种感觉，后来服役海军在海上值夜，乃至当上探险家后，初次邂逅前人未曾得见的山河大地时亦然。这种感觉无疑有部分出自动物本能：发现自己活着、成长、不再恐惧。不仅如此，还有一种与巨大运动合而为一之感，即人人心中具体而微的天命预兆，以及鹄候瞬间的启示。

Ⅱ：打击

　　五月宛如圆石沉浪，时间的最后一丝紧迫悠然而逝，日复一日，不复省记。戴尔时时读报给我听，但这些世界新闻对我而言，就像对火星人一样几乎全无意义，纵有意义也只是懵懵懂懂而已。远方的经济震荡与我无关，"前进基地"适用的原则不同凡俗。早上醒来时，我只消对自己说，今天该换气压记录纸，或今天是加充炉子油槽的日子。夜匆匆而来。到了五月十七日，也就是太阳沉入地平线下一个月之后，月光隐微，只是冷艳红光在黑暗中点燃的一丝微光。风在北方或东方流连时，风起则云涌，罗斯冰盾笼罩在混混溟溟的巨影中，黑影重重相叠。这就是极地之夜，有着冰河时代的阴沉面貌，万物蛰伏，视之不见，这是"寂然不动"的精义。远方隆隆之声隐约可闻，恍如千钧罩顶。

阴暗日甚之后，随之而来的是严寒。五月十九日，我做例行散步时的温度是零下六十五度，第一次连帆布靴也保护不了我的脚。由于一边的靴跟脱落，我不得不返回小屋换上羊皮靴。今天我觉得非常难过，浑身刺痛，感觉跟瓦斯中毒一模一样。这倒是很有可能。第二天早上，我检查通风管发现，入气口已完全被霜堵死，出气口也有三分之二堵塞。次日，二十日星期天，是最冷的一天。最低温为零下七十二度，平常就比仪器百叶箱内温度计略低的室内温度计，则降到零下七十四度；百叶箱内的温度计完全停摆，加在油墨里的甘油和润滑油都已结冻。燃料槽内的空气膨胀得厉害，一点起炉子，汽油溅得到处都是；为隔绝这过冷的温度，我用塑料气垫裹紧油槽。在手电筒的光线下，烟囱管和通风口好像两个蒸汽引擎冒出腾腾热气。温度记录器故障，花了好几个钟头才修好。燃料油不流动，我只好提一桶进屋，摆在炉子旁边。坑道内整天点着两盏汽化煤油灯。

二十日星期天，又是无线电联络日，我着实费了一番工夫准备。引擎熄火一个小时，修理化油器就使得我的手指冻出水泡，到了实际与"小美洲"联络时，几乎敲不动电键。"请海恩斯讲话"是我的第一个要求。哈奇森在"小美洲"各坑道找资深气象学家海恩斯时，我先跟莫菲聊了一会儿。"小美洲"只有零下六十度。"但底下很冷。"莫菲说。"我这里现在是零下七十度。"我说。北边的结论是"有你受的"。

耳机里响起海恩斯开朗的声音后，我跟他说了一下温度记录器的问题。"我们这儿也有同样的问题，"海恩斯说，"可能是油结冻的关系，我建议你把仪器移到屋内，用汽油浸过后，再用乙醚清洗。至于油墨结冻，不妨再多加点甘油。"海恩斯显然心情很好。"我说，将军哪，"他洪声说，"我从来就不为仪器操心，诀窍就是找个肯上进又听话的助手。"我一听不由吃吃地笑起来，因为我知道第一次探险时，新进气象专家葛林明格的遭遇：海恩斯背对着炉火，鼓起如簧之舌劝诱这位新人说，基于责任和难得的自我精进机会，他应该冒着雪暴去修理故障的记录器；海恩斯在暖和的屋里哼着小曲，助手则在露天把装有经纬仪的探测气球升上夜空，结结巴巴地以电话通报计算上空气流速度与方向的光标度数。那一天我倒是满心希望自己也有这么一位助手，他一定会认真地爬上风速记录器标杆。铁栓上的霜沁透皮靴，冻坏了我的脚趾。呼吸在风中发出爆裂似的声音，本来就已隐隐作痛的肺部，一呼吸好像要蜷缩起来似的。

难得极光如此明耀烛天，夜随着它狂热悸动，持续数小时之久，偶有冰盾雪震之声，宛如巨炮乍响。我因喝了滚烫的茶而舌尖肿痛，鼻头因冻伤而隐隐作痛。我心想，静寒必起风，应该上屋顶去瞧瞧。我提了几加仑水到上头，倒在屋角四周。水一碰地就结冻。这一层冰在堆积的冰碛上形成一层甲胄。

午夜时分，我上屋顶做极光观察时，肩膀一顶开顶门，陡然感到一阵窒息感袭来。我急吸一口气，但空气却达不到肺部。我百思不解，可能也有点惊慌，赶忙滑下梯子，纵身屋内。窒息感来得快去得也快。我好奇而小心翼翼地再次上梯。结果还是一样喘不过气来，但这次我想到了原因。稀薄的空气从东方而来，来势甚猛，压缩了换气空间。于是，我背过脸去，用手捂着鼻子呼吸，完成了极光观察。我在下屋之前，做了个有趣的实验。我把温度计放在雪上一会儿，发现雪面的温度确实比离地四英尺的百叶箱内冷五度。后来我躺在睡袋里看书，虽然冻坏了一根手指，但我轮番把手放进温暖的睡袋内，另一只手拿书倒是没问题。

再逃过一劫

风因寒起，自东来。风逐步加强，就像寒冷重逾千钧，只能缓缓推开一般。二十一日晚上，气压计故障。我第一次到上头时，夜黑风劲，犹如暴雨云当空。夜色中黑影幢幢，显示新的暴风中心正在成形。次日,我乐得借机待在地下,在雪壁内点起一根红烛,长时间在逃生坑道干活。这一天,我把紧急逃生口推进到二十二英尺,是进度最远的一次。工作结束后,我坐在箱子上,正在思忖红烛映雪壁何等美妙时,忽地注意到风速计嘎啦嘎啦越来越响,心想必定是风势增强了,赶忙到上头查看是否牢靠。目睹雪暴生起,是个奇特的经验。首先是风不知从何而来,接着,冰盾自卷,原本有如金属般坚硬光致的雪面开始粼粼波动。有时,劲风卷起冰碛,恍若白云排空,飞卷数百英尺高;有时又是缓缓生成,可以感觉到四面八方齐动,随着第一波松动的冰晶卷起,空气中充满嘶嘶沙沙的声音。不一会儿,冰晶有如浪头袭来,漫过脚踵,涌上腰际,卷到喉头。冰碛漫天,浓得看不到前方一英尺的光景,抬头望天,却见朗朗众星穿透头顶上薄薄的云层。

我检查完毕时,风速计标杆已经冒起袅袅轻烟。我赶忙奔回顶门,正如水手下舱一样,在得知船安然无恙后才能安心在舱中躲避暴风。在坚实的冰盾之下暴风难及,但风声清晰可闻。狂风在通风管中呜咽,烟囱管晃动,仿佛要连根拔起般,以千钧之势撞击着屋顶。我确实感到虹吸作用。屋内和坑道内有微风吹过,蜡烛摇晃几下便告熄灭,只剩下微弱的防风灯光。

尽管如此,不到上头观察,还是不知道究竟有多严重。我一把将顶门往上推开,冰碛立时像一面墙似地迎面而来。仪器百叶箱离梯子只有几步远,却像是远在数英里之外。后来宛如乘风破浪般，冒着疾风劲雪前进。夜黑如墨。手电筒光线出不来，伸手不见五指。

回屋时防风衣上披满一层冰碛。我隐约觉得不对劲，但又说不上来我离屋后发生了什么变化。不多时，我注意到屋内很冷。我掀起炉盖，赫然发觉油槽虽还半满，炉火却已熄灭。我心想，大概是要上屋前不小心关掉油阀，点起火柴凑近燃烧器，不想倒灌而下的风立即把火吹熄。原来是风把炉火吹熄了。我再点起火，小心看着。

雪暴变成狂风。在风声呼啸之中，无线电天线和风速计拉线呜呜作响，使我不由想起船索在风中呜咽的光景。风向记录纸上一团乱，想必是飞雪使得电接头短路。我心想，这时纵想清理也无能为力，于是便不予理会，反正还有别的方法可以取得风向记录。我把手帕绑在竹竿上，插在通风管口上，借着手电筒的微光，就可以看出手帕往哪个方向飘。我以这种方式每隔一个小时做一次，将风向变化记录下来，但到了凌晨，我已经被这种潜望镜式的观察弄得精疲力竭。我若指望在睡觉的同时，又能继续将风向变化记录下来，除了清理接点外别无他法。

风势很强，上头的冰盾震荡摇晃，异响逼人，好像整个自然界就要自行裂解一般。我差点推不开顶门，一推开门，浓雾马上迎面扑来。我抓着后面的把手爬出来，先辨别方向再把门关上，以免坑道内被冰碛填满。无数小雪球朝着我的眼睛袭来，好像被气枪BB弹打到似的，根本看不见。雪立刻塞满了鼻子和嘴巴,连喘气也很困难。我唯恐一站起来会被飞雪打断腿,或一步差错就永远迷失,只得手脚并用地朝风速记录器爬去。

我的脑袋撞上夹板,才知道已经找到电线杆。我想爬上去,但有无数的白色幽灵剜我的眼珠子,好像要把我撕裂一般。折腾一番还是没用。冰碛飞卷,一清理完又沾满接点。此外,风速计转动得十分快速,我很可能在清理时被扫断几根手指。下了电线杆,只觉身体被风吹得猛烈打转,根本无法控制自己的行动。我找到顶门时,但见顶门已完全被冰碛淹没,我用手在周围扒了一会儿,先是一只手,然后两手拉着门把猛拉,却是纹丝不动。我嘟哝道,反正这门原本就是密合的,可能是冰又把四角给卡死了。我跨在门上,蓄势使劲猛往上提。可惜,此举形同要将整个冰盾举起来。

我不得不承认,这时我心慌意乱,理智已逃之夭夭。我像疯子似地用手指抓着这三英尺见方的木门,用拳头猛搥,尽量让积雪松动,见这招没用,再趴在地上猛拉,直拉得我双手又冻又累,虚弱不堪。我曲肱枕着头,脸孔朝下,不住地对自己说:"你这个大笨蛋、你是大笨蛋。"这几周来我一直细心提防被困在屋内,不想如今却是困在屋外。更糟糕的是,我防风衣底下只有毛线大衣和长裤。两英尺之下就是避难所,温暖、食物、工具,求生必备用品一应俱全。这些东西伸手可及,无奈我却够不着。

南极之夜的雪暴极为无情,它的严酷不是从风速记录纸上就能衡量的。不仅是风，更是一面一面坚实的雪墙，带着狂风的劲道移动，汹涌澎湃（由于冰碛飞卷，令人有目难见，喘不过气来，南极中度风速的风势就跟其他地方的飓风无异）。这股强劲的冲力就像不共戴天的大敌般，完全集中在你身上。在无情的爆音中，你变成濒临瓦解的世界里的爬虫，看不见、听不见、动不了，肺部空气被吸光后，脑袋空空荡荡。普天之下再也没有别的事物能让一个人这么快就感到孤立无助。

我冻得半死，摸索着往几英尺外的通风管而去，不一会儿就摸到一个圆形的东西，赶忙两手抓紧，引体向上。是通风管的出气口。我虽不明其故，但本能叫我跪下身，脸孔凑近出气口。屋内只有地板上反射一束微光，什么也看不见，但暖气上冲到我脸上，却使我心情大定。

我仍然以跪姿转身背向雪暴，心中沉思该怎么办。我想到打破天窗，可惜天窗上既有二英尺积雪，四周又有铁线强固。若是有工具，也许可以挖开积雪，再用脚踹开。手中的通风管使我灵机一动，也许可以用它来挖。可是通风管也卡紧了，拉得我双臂隐隐作痛，依然是分毫不动。我心头充满绝望，埋首在明知没有结果的工作上不知花了多少时间。我忽然想到那把圆锹。一星期前，我铲完雪后就把圆锹插在背风处。那把圆锹可以救我一命，问题是，怎么在纷至沓来的雪暴中找到圆锹？

我躺下身去，双手仍然紧握着通风管为圆心点，尽量伸长身体，双脚四处移动，可惜都踹空了。我慢慢爬回顶门，门边积雪提供另一个着力点，我再次四处踹动，同样徒劳无功。未找到可以攀附的东西前，我不敢松手。这时，我双脚够到另一根通风管。我慢慢爬过去，再从这个新支点重复方才的动作。这次，我脚踝碰到硬物，顺着摸过去，立刻认出是圆锹柄。我恨不得尽情摩挲它一番。

我把着这支得来不易的工具，慢慢移向顶门。圆锹柄刚好穿入充作门闩的小木梁下。我双手扳着圆锹，想把门撬开，可惜力气不够。于是，我趴下身去，肩膀挤到圆锹底下，再用力顶。顶门蓦地弹开，我整个人滚下屋去。一掉进"光明温暖"的屋里，心中不住地忖道：太好了，太妙了。

向世界广播

我的手表停了，从经纬仪定时器可知，我到上头不到一个小时。炉火已熄，我懒得再去生火。屋内的温度还可以脱衣就寝，但我实在太累了，翻身上卧铺已是使尽全力。我一时还睡不着。雪暴在头顶上砰然有声，我心里仍不断在想，要不是圆锹在上头，现在我在做什么。也许还在挣扎，也许不然。还有比冻死更惨的死法。耳中听不见雪暴异响之后，麻痹和安详会使得心智迟钝，反而是安详的死法。

次晨七点醒过来时，风还在吹，但已不那么强劲。在防风灯昏黄的灯光下穿衣，我浑身发抖。衣服结了霜堆在地上，跟

第四章 五 月

几小时之前落地时的样子完全一样，我穿上时发出纸张似的沙沙声。上梯子时，我心中悻悻忖道，肯定又卡死了。因此，我发现顶门果然卡死时，心中并无不安之感。我准备了一把锯子、一把圆锹、登山索和一盏灯，直接往逃生坑道走去。坑顶离地面不到两英尺，不消多少时间就凿出个洞。

离坑前，我先用根粗木头插在洞顶，绑上绳子，绳子另一头系在腰间，再以箱子垫脚当梯子，攀上地表。飞雪还很大，但手电筒已可照到一两英尺外。两次失误后，我终于找到风向计标杆。风杯上堆积的冰碴硬得跟水泥似的。我先将冰碴清理掉，再刮除接点上的积雪。这是件苦差事，但又非清理不可，因为积雪会使风杯转动和风速记录趋缓。不过，经过昨夜的遭遇之后，这算是小事一桩，我已没有抱怨的理由。

例行散步头一次略过。除清理仪器和料理个人的需要外，省下来的时间都用在铲平小屋四周的积雪上。幸好新雪初降，还不算太硬，我只消把雪铲到空中，风自会把它吹到背风处。完工之后，我用两口食物箱子封住逃生坑道口，重新将顶门打开。早上阴郁天空上的闪电渐消，沉沉黑影穿透翻涌的冰碴而来，但风势和寒意已暂时减弱，气温上升到零下十度。我安稳地躺在卧铺上，好像一个工作百年的人似的，睡得香甜。

二十四日星期四，暖和得出奇。早上八点观测时，最高温是两度。东面还吹着风，冰碴断断续续地从那个方向吹来，使得天降飞雪益发浓密。到了查看发报器和接收器时才发现天线被吹下来,无线电联络时间因而延误了将近一个钟头。我匆匆把断线部分接上,暂时用两根竹竿把天线架好。我开始联络时,戴尔仍然耐心地呼叫。他说,我的信号很弱,但还可以判读。除了讨论安排我参加广播特别节目之外,我们谈得不多。"小美洲"的温度是二十五度,海恩斯已正式宣布"热浪"来袭。

我接到的通知是,"小美洲"要在星期六当天对芝加哥世界博览会特别广播,能否加段我的问候。当然没问题。我们敲定的结果是,由我以密码拼出"来自世界之底的问候","小美洲"接收后,再以功率较大的发报器转播出去。我把这句电文译成密码,孜孜矻矻地练习,岂料到了星期六当天,莫菲在广播前才传来消息说,纽约方面要我拍发"南极问候"。"依我的了解是,"莫菲谆谆说道,"他们打算把电文转成烟火。"

"那是他们的事。"我说。

莫菲吃吃地笑。"如果烟火真能拼写出你拍的电文,那可是芝加哥大火以来最狂热的演出了。"

我好像初次登台的演员般兴奋莫名,坐在"前进基地"听"小美洲"传来的广播,一听到有人说:"我们现在跟伯德将军联络一下。"立刻就着电键兴冲冲地敲起来。怎知却是毫无动静。几分钟后戴尔说他听得很清楚,但芝加哥什么也没听见。"反正烟火也照放了。"他淡淡地说。

海恩斯预言的"热浪"果然不假。当天下午,温度升高到十八度,是本地第二高温。东风流连,罗斯冰盾笼罩着远方海

第四章 五 月　　127

洋吹来的热空气。从这一天到月底的最低温不过零下二十三度，大部分时间都在零度以上或接近零度（总的来说，五月三十一天中，零下四十度以上的有二十天，零下五十度以下十二天，零下六十度以下三天，零下七十度以下两天，不能算是"热月"）。雪下个不停，冰盾一片阴郁，只有月亮的半个月周期时，月光稍透云层，暂时让冰盾沐浴在寒光中。

五月二十五日

今天是我到"前进基地"的第六十四天，我正好有点闲暇，于是利用这段空当，稍稍回想前情，思量自己的处境。

有三件事特别值得庆幸。一是到目前为止，记录十分完整（虽然有点污渍）；二是防御工事完善；三是我已经适应环境，特别是在心理上。现在我可以抵御恼人的夜所发动的任何攻击，欣然期待逗留此间余下的日子。

我的体重虽然比来时减轻，但我觉得很好，反正我本来就有点胖。室内油烟也许跟体重减轻有点关系，不过，由于防患未然，我所吸入的油烟已经比当初少了许多。

我发觉此间的生活大部分是心智生活，从容省思是唯一的友伴。不错，孤寂之重超出我的预料。我的价值观改变，很多以前在心里呈液态的东西，现在好像开始结晶。我更能分辨是非。我对成就的定义其实也已有所改变。最近我对人和人在宇宙造化中的地位的看法逐渐变成这样：

若是我不曾见过手表，乍见之下定会认为，分针和秒针是有计划地移动，绝非随兴而为。宇宙的精准和秩序绝不是偶然所致，是最合理不过的臆想。所有的臆想都归结成"和谐"两字。就有心而言，无尽的证据显示智能无所不在。

直觉告诉我，人类跟山河大地、草木虫蛇、极光和群星一样，都是宇宙的一部分，不是偶然，不独立于宇宙进程。理智认同这一臆想，据我所知，科学的发现也殊途同归。既然人是宇宙的一部分，也受自然规律的规范，当然没有怀疑的理由，这些自然规律也同样在心理层面运作，而意识所展现的就是这些作用了。

因此，我认为是非之念出自意识，必然也在符合这些律法之下成形。我认为，宇宙智慧赋予形象与和谐，良知则是机制和联系，让我们直接认识自然规律及其意义。

我更认为，行之有素的是非之念消弭了大部分的个别脱轨现象，也跟其他所有现象一样，是宇宙律法和智慧的具现。

因此，经人类测试而发现是对的事物构成了和谐、进步或祥和，不对的事物就有碍进步，造成不和谐。正确的事物构成合理的行为，例如以理智取代武力，而臻于自由；不当的事物则导致暴力和奴役。

我所谓的祥和必须去争取，不是消极。真正的祥和来自包括努力、纪律、热心等的奋斗。这也是力量的来源。消极的祥和可能演变成耽于感官和懒怠，而这就是不和谐。为化解不和谐，战斗往往是必要的。这是吊诡所在。

一个人能在内心和家庭内达到和谐，祥和便水到渠成。由这样的个人和团体所构成的国家，就是个和乐的国家。星宿一生的和谐表现在它的节奏和风华中，人生的和谐表现在安乐上。我认为，这也就是人类的基本欲求。

"宇宙是几乎纹丝不动的意义和价值的宝库"，但人不必因莫测其高深而沮丧，因为人的一生不过是白驹过隙，瞬间即逝，枝节和烦琐的事又是无穷无尽，看不清整体是很自然的。不过，宇宙臻于和谐的目标却是显而易见的。认识这个目标和不断奋勇迈进的行为本身，就可以使人人更为亲近，因此它本身也就变成目的。

陷入昏沉状态

三十一日星期四，还是下着雪。早上沉寂阴郁，气温约为零上五度。日历上标示着"无线电联络"，我井然有序地开始准备。在我面前摆着当天要拍给"小美洲"的电文，一则给大副朱恩和领航员罗森，提醒他们调整罗盘偏差值；一则给内人，请她协助我的秘书麦克彻小姐和我在美国的代表，尽可能撙节探险队开销。戴尔记下电文后复诵一遍，然后说道，波尔特已奉我命来到无线电室。我跟他和莫菲长谈有关计议中的活动，特别提醒拖车要留意冰罅。波尔特谈完了他的事之后，莫菲接着提起几件事，一件是"雅各布·鲁珀特"号十二月返航"小美洲"要雇一位冰河领航员。我们来来回回谈了一个半钟头，我从屋内就可以听到坑道内的引擎声；不知为什么引擎跳机了。"等一下。"我忙向戴尔拍出一句，取下风灯便往坑道而去。坑道中弥漫浓密的废气。我心想可能是混合机油出了问题，于是探身到化油器旁边，豁弄针状阀，但是没有多大效果。我记得直起身来时……这是我记得的最后一个有知觉的动作，接着就趴在地上。在昏昏沉沉当中，有个念头仿佛遥远的回音般不断响起：还有一件很重要的事要做。至于是什么事，我心里却是迷迷糊糊，只觉得自己已无能为力。不知这个姿势维持了多久，大概是冷得清醒过来吧，总之，过了一会儿我爬回屋内。迷蒙中出现无线电桌子，我这才想起自己要做什么。我一面努力想着怎么把想说的话拍出去，一面笨手笨脚地敲着电键。我没有办法戴上耳机，是否有回音我也听不见（"小美洲"的通话记录显示，在我拍发"等一下"和"星期日再见"之间，相隔约二十分钟，这正是我在坑道中的时间）。

之后的行动如梦似真，叫人分不清。我记得自己和衣躺在卧铺上，赫然听到坑道内引擎不规则的扑扑声，这才醒悟到应该关掉引擎，以免窒息而亡。我一骨碌滚下床，跟跟跄跄地往门口而去。我头晕目眩，心跳如捣，但在恍惚中仿佛看到门楣下方灰烟袅绕。一跨进坑道，却见洞内上半层浓烟密布，看不清放置引擎的壁龛在何处。

第四章 五月

我很可能又趴下身去，想必已经意识到必须低身俯首，尽量靠近地面未遭浓烟污染的空气。总之，我是蹲着找到壁龛处关掉引擎的。我转回身时，发现门口光线全失，不由愣了一会儿，好不容易才想起，屋内唯一的光源是无线电桌子上的电灯泡，是靠引擎供电的。幸好我刚才把防风灯摆在引擎边一口箱子上。我把灯提在前方，爬回屋内，爬上卧铺。

我很清楚的是，五月最后这一天所发生的事，很可能大部分都是幻想——迟缓而倦怠的幻想。也许我真的翻身下床，更换自动记录器滚筒上的纸张，否则如何解释我隐约记得看见地板上有个玻璃罩。至于其他的，诸如前额和眼睛剧痛、恶心、心脏狂跳、虚空之间一点微光的幻象……都不是真的。只有寒冷是千真万确的，麻痹感从四肢缓缓蔓延到全身。起码我还能应付寒冷。我抓着睡袋口钻了进去。

时钟滴答声使我从昏昏沉沉中醒过来。我不太记得是否已上过发条，但习惯使然，我倒是记得应该去上发条和更换自记气象仪与温度记录器的记录纸。很显然，我完成了这些工作，因为次日仪器仍在运作。现存于"美国气象局"的数据显示，记录纸是在午后二时更换，晚了两个小时。在这段时间里，我唯一明确的记忆是，一醒过来以为自己瞎了。我睁着眼却毫无所见，后来才想到一定是我刚好对着墙壁的缘故。防风灯已熄（不一会儿我就发觉，是灯油没有了），但炉边还有一点微弱的光线。

突然失去视力最叫人惊惶失措，我永远忘不了，我们在飞机降落坠毁后，把弗洛伊德·本内特从残骸中拉出来时，他激动的声音。"我完了，"他喃喃说道，"我什么也看不见。"等我擦去他满脸的油污后，他视力一恢复那霎时间的神色变化真是美极了。

重组昏迷事件过程

老是想着昏迷时的枝节，对我而言是一大折腾，尤其如今"前进基地"的往事已逐渐退成过往云烟之际。一个人的伤心处跟他的爱情一样，最不足为外人道，谈论起来也最为不易。我从小就认为，生病很丢人，是应该隐瞒的事。然而，我待在"前进基地"的那段时间里，这次昏迷的后遗症始终挥之不去，而个人跟这确凿不移的经历间的搏斗，又在南极体验中占有极大分量，所以本文不宜略去这段。

这段往事历历在目，实在是太清晰了。然而，我不能全靠记忆，因此往后的几天里，我尽可能把自己所知道、所记得的事写在日记里。本能自然促使离群索居的人诉诸笔墨，仿佛命运要求留下最后字句权利似的。

那天下午就在我眼睛和太阳穴疼痛未减、躺在睡袋中平复怦怦心跳中逝去。神智逐渐清醒后，我开始思考在坑道中所发生的事故。我认为，必然是引擎排放的废气凝霜，使得有毒气体倒流入坑道。我可以十分肯定地说，一定是一氧化碳。从我立时昏厥、没有窒息感，以及头疼欲裂、恶心、眼睛和浑身刺痛、阵阵晕眩等症状中可见一斑。我之所以能在坑道中捡回一命，是因为昏厥倒地。一氧化碳上升，坑道底部的空气没问题，氧气进入血液使我清醒过来。

这意味着我必须认清自己的处境，认清侥幸逃过坑道之劫，就某种形式来说，只是防范重蹈覆辙过程中的第一步。事实显示，至少短时间内我是无能为力的。我连在头顶上方锡台上的蜡烛几乎都没力气去点。若是连这么简单的动作就耗尽刚恢复的一点力气，我凭什么去坑道取食物和燃油，更何况还得照料许多仪器？我可以不吃撑上几天，也可以饮雪止渴，但已是孱弱不堪的我，少了暖气准活不了多久，再说，每隔三天油槽就得加油。这些难题想得我头昏脑涨，更使得我再次昏迷过去，待醒过来时，一看手表已是七点钟。我已经不是那么弱不禁风，但身体亟须补充水分。

于是我从睡袋中抽出手电筒，杵在床边，把光线直对着炉子。有了手电筒引导，我滑下床，一手攀着床缘支撑。晕眩感从头漫到脚，所幸没多久我就够到了椅子，倚着往炉子推去。炉上的水桶里还有点水，我用铁罐舀出。几口水一下肚，但觉五内翻腾，我强忍着，好不容易喝了将近一整杯。我暗道声奇怪，为什么牙齿打颤得厉害，思忖间摸了摸炉子，过了一两分钟才明白，原来水已结冻。星期四……星期四……该是加油的时候。油槽已干，灯油已尽，若想要光明和温暖，就得立刻加油。

我在往后几天所做的笔记显示，这黑暗中奇异的晕眩感产生了极为从容的作用。也许真是如此。在苦痛和孱弱之际，很难有三心二意的余地。我设法穿戴上手套和风雪大衣，然后拎起空油槽，另一手拿着手电筒，往坑道而去。托天之福，最近的油桶装有龙头，而且离门口只有十四步。但要走完这段距离，我得止步把附在手电筒上的环套套在脖子上，以便腾出一只手来稳住自己。我举步维艰，走得很慢，就好像当年在官校学生访英航行时得了伤寒，大病一场后初次下床走路一般。

我拿起桶子上的漏斗，套上油槽，趁着加油的时候，坐在箱子上休息。我虽提得动油槽（加满油后重约二十一磅），却走不了多远，才走几步就觉心跳如捣，头晕目眩。我松手，颓然坐在靠近坑道头的工具箱上。坐了多久不太清楚，既然冷得发抖，想必是很久了。既然提不动，或许可以拖，我每拖几步便停下来喘口气。这我起码还记得。

回到屋内，我把半加仑左右的油倒进油壶，供作防风灯之用。宝贵的灯油有不少洒在地上。不一会儿，我成功地把油槽提到炉子后方的台子上，如释重负之感油然浮上心头。现在起码可以御寒两天，若是省着点用的话，也许可以撑三天。不过我并没有去点炉火，一是怕费事，二是知道自己应该多休息。然而，在久经黑暗之后，渴望光明之心难耐，我倒是点起了防风灯。在怡人灯光的鼓舞下，我试图做午后十点钟的气象观察（旧时间其实是午后八时，因为我在一两天前把时钟调早两个钟头，当作是月光节约时间的实验）。

这是一着错棋。我爬一级就休息一下，的确是爬上了梯子，用脑袋把顶门顶开，等了一下，在晕沉和满怀萧瑟之中，踉踉跄跄往仪器百叶箱而去。风速约为每小时十七英里（自记气象仪的记录只有每小时七英里），不见极光。下了楼梯后，我再次感到病弱难言。我得睡觉、我得睡觉，心里有个声音一直在说。我在逃生坑道摸索一阵，好不容易才找到安眠药盒。我拿着安眠药，跌跌撞撞回到屋内，脱掉大衣、长裤和靴子后，已无力再脱衬衫。我以椅子垫脚，把防风灯挂在床铺上方挂钉上，满怀无力感地爬上床。

灯一熄，黑暗倏地降临。渴望睡眠，但头、背和双腿疼痛，睡意全消。我躺在床上，蓦地兴起自己可能好不了的念头。一氧化碳中毒是潜伏性的，一旦血液中的血红素和肺部受到戕害，肝和脾须经长时间才能让带氧物质复原，即使有较好的医院照顾，也得花上几个星期，甚至几个月。对我而言，最严寒和黑暗的永夜还没到，我实在无法说服自己，我还有力气去再见三个月才会出来的太阳。对某些人来说，病痛会产生希望独处的欲望，就好像野兽一样，本能地想爬进洞穴，舔吮伤口。我以前也有此念，但那一晚与往日不同，我发现自己是何等的孤寂，这一发现立时激起莫可言状的欲望，希望知心好友都在身旁。

想到自己细心的准备、在四周筑下的防卫，不禁充满了自责。城堡变成埋伏，不是黑夜或寒冷使然，一切都怪我自己笨，而这正是我最担心的。

虽然神智昏沉，但我已意识到汽油引擎不是唯一的原因。引擎是击倒我的一击，但在此之前，我已隐约察觉到形体日衰，例如腰带渐宽，以及月初头疼和眼疼。肺部冻伤可能也是原因。也许是器官性的毛病。但我很怀疑单是这些问题就会使我如此羸弱。我所能想到的理由表明，呛人的炉子应是主嫌。一氧化碳中毒是间歇性地暴露在油烟化学物中渐进累积所形成，未必会立见影响，我越想越觉得那漏气的炉子接头难辞其咎。

不过，这些念头只是朦朦胧胧的，因为五月最后这一天，我徘徊在自责和期待、苦痛和空茫感之间。我知道自己陷入这混乱状态，必然会累及家人、探险队……天知道还有谁会受我所累，但一时间却又苦无良策。我点起蜡烛，想写点东西，可惜手头没纸。过了一会儿，我吹熄了蜡烛。我手上拿着那盒安眠药，就是不太想服用，倒不是怕吃了会呕吐，而是担心会使我更加羸弱。因此，我放下药盒，告诉自己，等到四点，如果还睡不着，再吃不迟。三点过后不久，我不知不觉坠入噩梦中。

第五章
六 月

Ⅰ：绝望

六月一日星期五，对我而言是黑色星期五。噩梦已去，到了九点钟左右，我大惊而醒，仿佛在睡梦中被人丢到井底似的。我发觉自己惊惶地注视着满屋的黑暗，一时间不知身在何处。钻进睡袋时全身虚弱的感觉依旧，而我试图扭开手表上的闪光装置，那是有力的提醒：我是美国海军退役军官理查德·伯德，在南纬八十度零八分之地暂作逗留，对人对己都是微不足道的人物。我口干舌燥，就是没有力气移动。我紧抓着睡袋，它是我仅有的安慰和温暖的来源，我郁郁地沉思该怎么办。

两件事显而易见：一是复元的机会极为渺茫，一是病弱之余我已没有能力照顾自己。这是很凄惨的结论，但我已无心多想。我唯一合理的希望是，节省所余的资源，尽量多撑几天，很缓慢、很小心地从事必要的工作。只要能做到这样，并保持正常心态，即使是病恹恹的人也能撑上一段时间。总之，我只能做此推论，别无他法。我不得不把存活的希望押在这种理论上。

我喃喃地告诉自己，应该有信心——对结果要有信心。这就像一次飞向另一个未知的航行，一旦开始就不能回头，你必须相信仪器，相信自己在飞航图上所规划的路线，相信造化的合理性，勇往直前。若是出岔子，大部分是自己造成的，若是演变成悲剧，那也是脆弱人性的共同悲剧。

首先我需要的是温暖和食物。炉火约在十二个小时之前就已熄灭，我已有三十六个小时滴食未进。为提供饮食所需，我开始动员微薄的资源。这时，如果有摄影机拍下我的动作，出现的一定是慢动作画面。每一个动作都以极大的耐心去完成。我提起灯，等了一下，缓缓钻出睡袋，倚着炉子旁的椅子稍事休息，然后一下提一点，慢慢穿上长裤，接着是衬衫、袜子和靴子，最后套上大衣。折腾了好长一段时间。我冷得打颤，手肘碰到墙壁时砰地一响，好像在敲门似的。待在外头太凄惨了，我赶忙钻回睡袋。过了大约半个小时，刺骨的寒意使得我再次尝试往炉子方向移动。

双脚一碰到地板，顿觉晕眩袭来。我颤巍巍地走到椅子旁坐下，动也不动，只是直勾勾地望着蜡烛，足足好几分钟。然后，我转向炉子，掀开盖子，等结冻的汽油渗入燃嘴。口渴难当。水桶里结了几英寸厚的冰。我把桶子推倒，一块晶莹的冰块掉在地上，我凑近吸吮，直吸得我牙齿嘎嘎打颤。桌子上有

第五章 六 月　139

盒火柴，我划了根火柴凑近燃烧器，环状金属燃口冒出红焰，看在眼中觉得十分美丽。我坐在那儿，沉湎在温暖的光柱中，起码有十到十五分钟。本来应该是清亮的蓝焰，结果却是红焰带烟，我端详片刻，知道这是不完全燃烧所致，也是我落得如今这般境况的根由。这炉火是我的大敌，但少了它我又活不成。

绵绵无尽的一天于焉开始。要完全说个清楚未免无趣。这一天其实没什么大事，却是我这一生中最重大的一天。一日如千年，年年苦恼万分。我失多得少，到了一天结束时——如果可以说真有结束的话，我只有一个感想：我还活着。揆情度势，我没有权利奢望。人生本来就难得很优雅或很合理的结束。不甘不愿的身体逐渐死亡时，就像是一艘即将沉没的船，轮舵室的墙头上钉着"适于航海"的保证书，心却像是站在舰桥上的水手一般，到了此刻终于认清船体毕竟是脆弱的，不免有啼笑皆非之感。时日一久，事态的本质便昭然若揭，就像我的情况一样，只不过到了这个地步时，它已化成随时可以抛弃的吉光片羽，知识也无用武之地。

渴，是苦痛丛林中那棵最高的树。我提着桶子和防风灯，往恍如在百英里外的逃生坑道而去，途中摔了一跤，索性舔雪止渴，直舔得我舌头发麻。逃生坑道距离太远，倒是在食物坑道留下十八英寸宽、四英寸深的靴痕内，尽是松动的雪块，虽然很脏，但我还是沿路捡起碎冰，直到水桶半满，才一步一休息地拖回屋内。

水桶里的雪块要许久才会融化，我已经等不及，于是倒了一点在平底锅上，用固态酒精片加热，雪块还是没有完全融化时就凑近唇边。我双手颤抖，水洒在大衣前襟上。陡然，呕意上涌，刚喝进的水一股脑地全吐了出来。过了一会儿再小口小口啜饮，以免又吐出来。接着，我爬到睡袋上，拉起厚毯子盖着肩膀，希望能多少恢复点力气。

尽管如此，我还是从卧铺上悄悄出击，小心翼翼地做点小事，譬如照料室内温度记录器和自记气象仪，换换记录纸、上发条、加油墨等。通风管出气口有三分之二结冰堵塞，我用根棍子钉上大铁钉，从屋内就可以够到出口。每次劳动后，双臂、背部和脑袋便令我痛不欲生，必须休息一阵子。我把温水装进保温壶，再加进糖和奶粉，带到睡袋里。呕吐感仍然挥之不去，我一匙匙地慢慢喝，总算灌下约一杯。一会儿之后，我觉得孱弱感消失，有力气可以去照料室外仪器百叶箱。我推开顶门，但无法再进一步。夜雾灰蒙蒙的，跟我的心情一样黯淡。一下屋，顿觉呕意上涌，刚才喝下的牛奶吐了个精光，我趁着尚未昏厥前，摸回卧铺。

面对死亡的想法

漫漫午后，种种阴郁的想法齐赴心头，实不欲回想。不过，老实说，我绝没有听天由命的念头。午后渐逝，我忽有沉沦之感。我骇然心惊。我在空中数次面对死亡，这可不是第一次，但此时的感受却全然不同。飞行时，事态发展很快速，一旦做了决定，对错立时分晓，死亡这无形而遭冷落的乘客潜入驾驶舱，但他毕竟只是无数令人分神的思虑之一，如今，死亡这陌生人就端坐在阊黑的屋内，很笃定地确信只要我一走，他就可以鹊巢鸠占。

前所未见的恐惧巨浪袭来，在我内心深处落脚。这恐惧不是担心受折腾，也不是担心死亡，而是忧虑万一我回不去，对家人可能产生的影响。我告诉自己，前来"前进基地"是愚不可及的行为。另外，在那怨艾的几个小时里，前尘往事历历在目。我发觉自己的价值观错得离谱，何以看不透最简单、朴实、无矫饰的事物，才是人生中最重要的。

我应该但不能自以为是为科学殉身，也不能怪形势逼人，以致无法依原定计划在"前进基地"配置三个人。我来这里是为了寻求祥和与了悟，以为它们多少可以丰富我的生活，让我变成更有用的人。此外，我也是以科学任务的理由前来。如今我看清了两者的真相：一是妄想，二是死胡同。我的思虑变得忧愁烦恼，除了家人和朋友外，对整个世界都心怀怨怼。时钟滴答，脚边自记气象仪呼呼之声扬起。这些从容不迫的声音隐含着自信，正好凸显出我的低劣。它们凭什么如此自信，如此从容不迫？若没有我，它们撑不了一天。

我仅余的一个宏愿，仍有待藏在逃生坑道架子上的那一小堆资料来评断，但这些资料仍微不足道，就像人生中大部分事物都急于等人来评断一样，终究只是浪漫化的理想。我们这些以实际行动服膺科学的人，所服膺的其实只是镜中影、水中月。任务艰巨，目标遥不可及。学者只是安坐书香满室的环境中，告诉我们该往何处去、该找寻什么，甚至可能会找到什么。同样，我们带回的资料也由他们来做客观判断。我们不过是在理论和事实之间冒险的中间人，只是在造化真理实相里打零工的物质主义者。

我除了知道自己费尽千辛万苦才取得资料之外，逃生坑道内那些记录的学术价值，以及它们跟在基奥卡克所搜集的资料有何不同，我到底知道多少？我真的不知道。我是沉迷在傻事中的大傻瓜，而这想必就是外界对我的评断了。

到头来，不管一个人是什么身份，真正重要的事终究只有两样，也就是天伦之情与家人的谅解，除此之外，他所作所为林林总总都是脆弱不实的，就好像船遇风浪一般，难免受个人成见左右。家则是恒久的归宿，是宁静的避风港，也是人生之船系泊的荣耀与情义之地。

一线生机的哲思

屋内寒意渐退，炉子释放的热气积存在天花板下，卧铺仿佛裹着热毯似的。就我事后记忆所及，六点过后不久，我喝光了保温壶里的牛奶。我的身体需要些更有营养的东西，只可惜我没力气去弄一顿。我吃了一块爱斯基摩饼干和一片巧克力，但觉五内翻腾，于是只好起身再把热水和奶粉加进保温壶里。单是这样就已够折腾人了，因为我必须攀着桌子免得昏倒。往后几个小时是一片空白，后来有力气起来写笔记时，却完全记不得到底发生过什么事。或许是睡着了。我再次看手表时，已是九点三十分。我头晕目眩，浑身倦怠。我想到必须熄掉炉火，一则给自己一点没有油烟的透气时间，再则不知道我什么时候才能恢复力气去加油。一关掉油阀，骤然眼前一黑，接着我所知道的是自己倒在地上。我攀着炉子站起来，竟觉余温犹存，显然我昏迷的时间并不太久。

我颓然坐在椅子上，心中认定自己死期将至。到此刻为止，我一直靠着一个信念支持：唯有自我升华和求生才能消弭错误，补偿家人于万一。但我失败了。我趴在桌上，低下头，手中一杯水洒落满地。怨怼之情顿时消失，唯一怨恨的是我自己。我趴着啜泣了好一会儿。"可恨，可恨至极！"自负之念也同时消失殆尽。身为弗吉尼亚人，我自小所受的教养是，绅士喜怒不形于色，但此刻的真情流露我并不觉得难堪。恐惧也已不见。希望消失，不安也随之消失，而人对确定不疑的事是心无疑惧的。

我唯一清明的决定是，写封信给内人。除了一些私事之外，我希望她能谅解我不把自己的困境告知"小美洲"（我忘了这是毋庸解释的）以及我前来"前进基地"的理由。旁边架子上就有纸笔，我伸手要去拿，却发现胳膊动不了。原来袖子被刚才洒落的水冻住了。留言的冲动激发了相当的力量，我扯动衣袖，写了几行之后心情逐渐平静，但还是没有力气坐起来。火已灭，小屋内冷得令人难受。

卧铺好像远隔一个大陆之外，必须跋涉无垠的平原才能抵达。好不容易安然钻进睡袋后，我静躺几分钟，边哆嗦边喘气。写完信后，我突然想到斯科特日记的最后一段："愿主眷顾我们的弟兄。"我虽时时玩味这句简单的话，但仅止于知性层面，那一晚才真正了解斯科特话中之意。说来可怜，人居然要在经历剧变之后，才能体会这至为简单的道理。

防风灯一阵摇曳后渐转弱，我设法点燃卧铺上方台子上的两根蜡烛。第二根蜡烛一亮，防风灯刚好熄灭。一会儿之后，我给家母和孩子各写了一封信；几句简短的指示，将有关探险队的事务对波尔特和莫菲做个交代；最后一封是给"小美洲"全体成员。架子上摆着一只绿色铁盒，是我多年来收藏私人信件用的。我把给家人的信件收入盒内。接下来，大概又陷入昏迷状态，记忆不是很清楚。一阵冰冻感袭来，我记得自己撑起身子，坐了起来，再写一封信交代莫菲怎么处理这些信件，然后连同其他几封，用绳子绑好，挂在平日吊防风灯的钉子上。

我心中涌起感激之情。两根红烛，一根杵在旧瓷台上，另一根插在烛台上，依旧燃烧着。我望着烛光悠悠忖道，烛光灭后，恐怕再也看不到这么温柔的东西了。过了一会儿，我把烛芯捻熄。不多时,蓦地心中一动,一段往事掠过心头。我好像看见自己在为海军官校中量级锦标赛拼斗。我浑身酸疼,已经放弃得胜的希望,仅存的决心是不要让观众席上的母亲丢脸。这景象历历在目,之所以会如此清晰,是因为如今的情况几乎完全相同,只不过关系更大而胜算更小罢了。当时使我继续奋战的决心再次浮现心头。我发觉,尽管已彻底失败,但仍有一线生机。总之,我必须再作尝试。

六月二日凌晨三点左右,我又有一段清明时刻,怎么也无法强迫身体睡觉。安眠药就在架子上,我用手电筒照了一下,只见二十几颗白色药丸,圆滚滚的,像在提出美丽的保证。我伸出手,蓦地又停下。这不是长久之计,否则我定会发疯,变得怕黑怕疼。我找到火柴,点起蜡烛。卧铺上还有张没用的纸,我在日记上写道:

> 宇宙不死,因此,其中必有遍在的"智慧"存在,而这"智慧"的目的之一,也许是主要目的,便是要达到宇宙的和谐。
>
> 因此,依正道寻求乃至臻于安详(和谐),便是与这"智慧"契合的结果。达到契合最为理想。所以,人类在宇宙中并不孤单。我虽然离群索居,但并不孤单。
>
> 人自古已感知到这种"智慧",相信这"智慧"则是所有宗教共通的一点。它有无数的名字,很多人称它为"上帝"。

这是我在安详的四月间所悟得的哲思真义。我捻熄蜡烛，钻进睡袋，心中一再重复这段精义，不一会儿便沉沉睡去。沉睡中又有噩梦来扰，我在噩梦中拼命想醒过来，想控制自己身体的机能。这无尽的挣扎在一处半昏半明的分界地带进行，中间有一道白墙隔开。我好几次差点就翻过墙，进入金光普照的原野，但每次都滑进漩涡似的暗黑之中。"本能"扯着我的衣袖：该醒了，该醒醒了。我急拧胁侧，猛拉头发，不多时紧张缓和，我终于翻过墙去。然而，所到之处没有温暖阳光普照，而是一片黑暗，我冷得发抖，口渴异常。

保持联系以免队友担心

六月二日是星期六，也是前一天阴郁的延续。我不仅依然孱弱不堪，还有技穷智竭之感。风速计整天嘎嘎作响，从通风口飘进来的冰碛犹如薄雾，从烟囱管落下的则有如白丸，叮咚有声。我从自记气象仪得知，风向东北，风速每小时约二十英里，不免暗自祈祷，希望风向不要改变，因为这表示温暖的天气可以持续。虽然夜里温度降到零下十九度，白天倒是有时在零度以上。只要寒冷稍退，我可以长时间不必生起炉火，让身体有摆脱油烟影响的机会。白天下床的时间总共不过两三个小时。

我同样以极缓慢的方式做非做不可的事，保留少得可怜的力气，用爬取代走，每做完一件小事就休息一段时间。到了中午时分，我已去了几次坑道，一次去取雪，三次去提燃油。由于炉子油槽太重提不动，我用一加仑装的锡壶分次提油。雪融后，我在保温壶内加了点奶粉。我好不容易喝了一杯茶，但我的胃还是留不住固体食物。

我依稀记得自己爬上梯子观察天色。这时候应是月亮当期，我却记不起月亮是否露了脸。我只记得天色黑沉沉，冰碴拂面生疼。傍晚时分，屋内变暖后，我立刻关掉炉子。温度记录器显示，白天最低温是零下二十二度，的确很"温暖"。但我洒在地上的水已经结冰，墙壁也结了一层薄冰，馊水桶内更是冻成一大块脏兮兮的冰块。

依我估计，那天晚上我睡了七八个钟头。星期日早上又为了起床折腾了一番。星期日表示必须跟"小美洲"联络，以及谎报自己的处境（虽然每根疼痛不堪的神经都在恳求不要出此下策）。天知道我哪儿来的力气，把三十五磅重的引擎推进屋，再拖回坑道中，这段距离来回计有四十英尺。幸好油槽内的汽油还是半满。我所做的最后一件事是，用一根带有钩钉的长棍把排气管表面上的冰霜戳掉。通气管几乎已堵死，难怪上次无线电联络时坑道中满布油烟。

在"小美洲"的无线电通话记录上，我报到的时间晚了大约二十分钟。戴尔"KFZ 呼叫 KFY"的声音依旧是那么明快而单调，但听在我耳中却不啻奇迹。

我只用一根手指敲电键。我知道，密码绝不会让我露出马脚。前几天，莫菲要我提供某些特定的气象数据，这时，我把在桌上摆了将近一星期的数据发出去。几位营地军官接着报告研议中的春季活动。头晕目眩的毛病又发作，我未必完全了解他们在说些什么，因此我只是简单地回答可或不可，或"我会再考虑"。最后，在我神智昏乱中传来戴尔的"谢谢你，长官，星期四再见"。我精疲力竭地关掉引擎。

常有人问我，为什么不把我的情形告诉"小美洲"，我的回答是让他们来找我太过危险。这个想法太过强烈，因此我自己也视为理所当然，但我毕竟不是机器人。戴尔依照惯例劈头就说"希望你那儿一切顺利"，"没问题"三字实在很难说出口。不过，要我说别的话更难。黑暗、寒冷、罗斯冰盾荒漠和冰罅等危机，是不可改变的事实。"前进基地"归我负责，"小美洲"的弟兄虽乐于相助，但要我让他们为我受苦是难以想象的事。

那天下午，我濒临丧失神志的边缘，准备无线电联络的劳累引起全身骚动。我知道自己苦痛难当，且自己将不久于人世的念头始终挥之不去。傍晚时分，我从迷乱中醒过来，只觉饥渴难耐。我配着牛奶，勉强吃了六片咸酥饼，这也是从星期四早上以来，第一次进食固体食物。当晚，虽然时时有难以言喻的噩梦相扰，但我睡眠的时间已拉长了不少。星期一，我很少离开睡袋。这一睡对我大有好处，此外，下午大部分时间都关掉

第五章 六 月　　149

炉子可能也有关系。夜里，我起身喝点牛奶，吃点咸酥饼、杏仁和用温水泡过的干燥苹果。这是组合很奇怪的一餐，是什么缘由我自己也说不上来是，只是隐约觉得屋内所有可吃的东西中，只有这些是我的胃消受得了的。

我的耐力还是不行。眼、头和背部疼痛时时发作，而且我始终觉得寒意逼人。

晚上还是一样，经过好一番折腾后才入睡，倒是次晨起床轻松多了，这也使我精神一振。的确是轻松多了，我甚至勉力把馊水提到食物坑道清倒。到了午后，我已有足够力气去转动留声机。我先放"波希米亚女郎"的《吉卜赛生活》，再放海德堡的《饮酒歌》和《赞美诗》。屋内每一个角落都洋溢着声音，叫人听了就心生庄严。心中有个声音说道：你已大有起色，你真的还有机会；也许只有百分之一，仍然不失为一个机会。

信念战胜了抑郁之心

稍后，我躺在睡袋里仔细分析。这时，我已经撑了五天，漫漫无尽的五天。我迷失在苦痛的大平原上，所有的道路都已堵死。我折腾挣扎，在希望和放弃希望间徘徊。然而，人毕竟不会轻易放弃。动物的本能自然会使他在心中光明消失许久之后站起身来。我在沉思之中，不免自问：你有什么能耐？有什么是你可做而未做的？

首先，有两件事是确定的：一是罗斯冰盾是阻绝之墙，外援难至，另一点是改善屋内通风情况的机会不大。我身体太弱，纵使手边有材料可以大幅更张，也无能为力。天气转暖倒是意外的助力，使得我白天时可以长时间不必生起炉子，而少了油烟也让我身体得以休养生息。不过，这纯属侥幸。最寒冷的日子还没到，而且随时可能到来。

这些都是事实。若是人能凌驾于命运之上，我应该也可以凌驾于这些事实之上。人人都有蕴藏力量的深井未曾动用，一生之中真正智穷的时候并不多见。问题是，我能不能找到汲取这些深藏不露的自然潜力的方法？唔，纵然可以也没有太大意义。很显然，我所剩的资源已经不多，必须另寻补充来源。在这种境况下，一个进退维谷的人，在智技权巧都无用武之地时，自然会跟我一样转而向上帝求助。

我对信仰看法的文字见诸星期五大绝望之后所写的字里行间，但那只是我平日就依稀服膺的信念，并没有新意。所不同的是，安详的四月和五月间，把旧有的加上新的信念具体化，现在已到了测试的时候。

不过，我毕竟是务实的人，自然了解单纯的主张信念和有效的落实两者之间有着极大的差异。渴求和谐、安详，或不管你用什么字眼来形容这与人生井然有序进程的契合感，都是迈入正确途径的一步，但只这一步还不够。我必须去争取，且我所争取的必须合乎逻辑，必须是遵循自然的律法。我没想过要去写篇祈祷文。我在行动中就已表达了祈祷的热望，再说，单是汲于求生的渴望就已是祈祷了。

衡量形势之余，我得出必须做的事：为了求生，必须继续养精蓄锐，尽可能以最简单、最不费力的方式，做该做的事。我得好好睡觉和吃点东西，以便恢复气力；为免再受油烟之害，炉子偶尔使用，油压灯则完全不用。不用油压灯，表示放弃它的亮光，这虽是我仅有的少数奢侈之一，但一阵子不享受奢侈我还撑得住。至于炉子，则是冻死或中毒而死之间的抉择。我选的是挨冻，因为我知道睡袋可以提供一个避难所。我暗自决定，从现在起要严格规定，每天下午两三个小时不生火。

这是很实际的法子，但若只靠这套程序，等于每小时都在彰显自己是何等的没用，只怕我会发疯。因此，忍受这些苦难的意志和欲望也是不可或缺的，而且它们必须是发自内心深处。但要怎么办呢？控制思虑，自怨自艾的念头一起立予根除，专注于可以带来安详的事物上。心思不和谐，迷乱绝望，跟寒冷一样会彻底击倒我。这种修养当然不容易，即使在静谧安宁的四月和五月，我也未必能完全做到。

那天晚上，我尽可能地把上述结论付诸实行。虽然反胃，我还是勉强喝下一大碗清汤，外加一点蔬菜和牛奶，然后熄火上床，倚着睡袋玩坎菲尔德纸牌。可是我记得，连纸牌都跟我过不去，不免使我大为恼怒。我拿起本·埃姆斯·威廉斯的《四海英雄传》，但只看了一两页就觉得文字变得模糊不清，眼睛开始痛起来——实际上，眼睛痛的毛病始终没停过。我心中暗骂，打牌手气不佳，眼睛状况不良，十足显示我霉运当头。其实，是防风灯昏黄的灯光逐渐使我神经衰弱。尽管下午信誓旦旦，但若不是我没有力气发动，我早就点起油压灯了。只有在经历过这种境况之后，才能体会到光明是何等的宝贵。

不知什么因素使然，我取下挂在架子边的刮胡镜。镜中凝视着我的，是一张苍老孱弱的脸孔。双颊深陷且因冻伤而凹凸不平，两眼带着血丝，好像长期纵情酒色一般。这时，我心中一沉。挣扎何用？就算我能活下来，终究已形销骨立，永远是家人的一大负担。这太可怕了。那天下午一厢情愿的想法顿时化为深沉的绝望。

人心的黑暗面好像天线般会自动旋转，从四面八方捕捉阴郁的念头。我的情况就是如此。这是不祥之夜，好像世上所有的恶念全都像针对生死大敌般集中在我身上。我陷入了自己都不太相信的深沉绝望中，若要一一细说，未免无趣，总之，凄凉之情萦绕不去。值得一提的是，我的信念终于发挥了作用。借由凝神一志，以及重申观察所得的宇宙真理，我终于得以再次将这些似已难复得的抚慰人心的理念盈满心田。我让家人和朋友环绕在自己四周，把自己投射在阳光下和成长的绿色植物中。我思考着回家后要做的事。这些事不计其数，平日淡然处之，现在却显得出奇地引人入胜、分外重要。尽管如此，我还是不时陷入沮丧之中。凝神一志不容易，唯有以绝大毅力才能让自己摆脱沮丧。不过，最后总算抛开不和谐的念头，当我吹熄蜡烛和防风灯时，我已浸淫在想象的世界里——由彼此相互关怀、爱好和平、随和而亲切的人所构成的朴实无华的世界。

痛楚未消，我折腾了好几个钟头才睡着，但这是五月三十一日以来睡得最舒坦的一夜，次日醒来只觉身心都已好了许多。

抑郁之念渐消后，我也可以多做点事。六日星期三，我顺利地到上头做八点钟的气象观察。天气虽然晴朗，但冰碛依旧使得地平线上一片迷离，依旧拂面隐隐作痛。我每走一步就跪在柔软的雪地上。久处局促的小屋内，能拥抱广袤的罗斯冰盾实在愉快。我用手电筒照向风向计，只见吹的是东南风。这表示寒冷将至，我嘟哝道。到处都结满了白霜。百叶箱四面的通气栅卡了厚厚的冰碛，可惜我没有余力清理。我查看了一下温度计，重设记录笔，便满意地退下屋去。

后来，我爬到燃料坑道的最远程，拿了一小片石棉，切成适度大小盖在炉子上头。我的想法是，石棉可以在燃烧器嘴口还冒烟时过滤掉最先的油烟。我把石棉切成刚好套住烟囱管和包住炉子四周的尺寸。

下午我听了一下"小美洲"每周对美国的例行广播（"小美洲"时间午后二时是美东标准时间午后九时）。理由之一是，测试一下电池动力的紧急无线电装备,以防万一,但更重要的理由是,我想听听熟悉的声音。我错过了一大半,倒是听到了"小美洲"那三头母牛惹出的骚动。一头老是站着,不肯躺下;另一头是习惯每晚躺着,不肯站起来;第三头则是拿不定该躺还是该站,只是骨碌碌地看着不时到牛栏打转的木匠考克斯。听到男中音艾克·施洛斯巴赫那首《爱人是妙人儿》,我不禁吃吃地笑起来。看来,在南极洲人人也都有各自的问题。

Ⅱ:奋斗

次日,七日星期四,跟"小美洲"无线电联络时,证实了我心中所知的事实:有起色的是心理而不是身体状况。虽然已经没那么孱弱,但光是取油料、热引擎、把引擎弄进屋等准备工作,起码就花了三个小时。我颤巍巍地行动,跟老头子没有两样,一度靠在坑道壁上,累得推不动引擎。我喃喃对自己说道,你疯了,不待在卧铺上雕纸娃娃,何苦理睬这可恶的厌物。

那一天寒冷更甚。温度记录器显示,最低温是零下四十八度。所有的迹象都显示,"热浪"已结束。墙上结了一层薄冰,已经爬到半面墙高,我的抗寒能力消失无踪,大冒鸡皮疙瘩,手指所碰触之物无不发出叮咚之声。陷入造化掌握之中,全然无处可逃,叫人心灰意冷。我走走停停往炉子而去。暖意只是表面，我浑身血冷若冰。

我虽然竭尽所能，联络时间还是晚了。戴尔常在呼叫得烦了时播放唱片，我听了一会儿，终于听出是《唐豪瑟》①中的《朝圣者之歌》。我按捺住激动等到唱片播完。我一插话进去，莫菲便责备道："迪克，睡过头啦？"

"不，是忙过头了。"

莫菲话不多，倒是赛普尔接着读了一段报纸。就我记忆所及，是关于太平洋一段人迹未至的海岸地形推论，也是我今春要飞行探勘的地方。诚如赛普尔所说，的确很有意思。尽管我恨不得赶快结束对话，但仍不禁暗道这真是绝妙的讽刺：我坐在这儿，紧攀着桌缘支撑，耳中所听的却是我未曾见过、也可能永远见不到的海岸地形理论。

如果我记得没错的话，我是说："很有意思。请交给科学小组。"戴尔插进来问道，关机前是否还有什么要交代的。我问他，是否可以把联络时间从早上改到下午。他答道："请等一下。"我听到那头在讨论，只是听不真切他们在说什么。戴尔说道，他们很愿意更改时间，但如此一来，经长时间测试才固定下来的"小美洲"作息也得变更。"那就算了。"我说。这话题暂时就此打住，以免引人疑窦。联络后我爬上床休息，一整天动也不动。痛楚一恢复，怨怼和沮丧也油然而生。

---

① 华格纳的音乐剧。

何必费事？它们嘲讽道。何不听天由命？这是最简单的方法。你的人生观说要融入宇宙进程里，唔，现在的进程就是往不断崩解的方向发展，是永恒的祥和，何必抗拒？

从那天开始，我对跟"小美洲"无线电联络避之唯恐不及。发动引擎准备，加上无所不在的油烟，把我好不容易积存的气力和抗力消耗殆尽，最好是干脆不要联络。我设想停止联络的种种借口，打算在下次联络时提出，但好像每个理由都说不通。我若只是说对话无趣，或说发报机快故障，终不免叫人猜疑"前进基地"计划是否泡汤了。再说，有关探险队的问题，还有很多必须跟波尔特讨论。另外，虽然我在启程前已明令"小美洲"的军官，在拖车队出发往"前进基地"时再度重申，但我总觉得若是我缄默不语的话，不啻促使他们采取贸然行动。

因此，我陷入了恶性循环。若要继续无线电联络，精疲力竭加上油烟影响，几乎可以肯定我会完蛋；若不联络而引得他们前来搭救，那我还不如死了好。我是这么看待目前的形势，我相信，探险队的每一位成员若处在我的情况下，一定也会抱有同样的看法。只要是正常人都会跟我一样，毅然决然阻止他们展开可能会产生不测的救援行动。

我怕联络的第二个原因是，唯恐一不小心就泄露我所极力隐瞒的情况。我知道,莫菲一直以他揶揄、敏锐的方式观察我的一举一动,因此我有时会拍点有趣的电文顾左右而言他(我必须承认,这些电文事后看来大部分很无聊)。不过,一旦动作流程很明显,你也就视为理所当然,不会刻意去反其道而行,即便是意识薄弱得无法依循流程时,仍然会顺着惯性而行。讽刺的是,由于形移势转,原本是我最大安全保障的无线电,却成了我最大的敌人。

星期四那一晚,我才真正了解到自己的处境恶劣到什么地步。我在日记中写道:"……早上的这些作息真要命,不但害得我没有力气撑过白天,连晚上要小睡片刻也极为困难。我的四肢、肩膀和肺部疼得厉害……我只能勉力支撑。若能看得下书的话,漫漫时间也许可以缩短一半、黑暗的压迫感减少一半、我这小小的不幸也不致如此骇人……"

房间对面,在防风灯照不到的黑暗角落里有一排排的书,而且其中不乏名著,尽是深沉多智人士的精华。但眼睛疼痛,就是让我读不下去。留声机也在,但我必须把铰动的力气保留下来过活。屋内大大小小的事都在在诉说着我的孱弱:防风灯灯火摇曳冒烟;桌上罐头食品结冻;地上一块块冰渍,颜色较浓的是洒落的煤油,黄色是我呕吐的地方;炉子旁的椅子翻倒了,我也懒得去扶正;约翰·马昆德的《纽伯里波特的蒂莫西·德克斯特先生》就摊在桌上。

想办法解决油烟问题

六月八日

我一天天设法定下生活的方式，谨守着设定好的程序，以便让自己有最佳的生存机会。尽管一想到食物就作呕，我还是强迫自己一小口一小口地吃，单是咽下一口就得花上两三分钟。我吃的大部分是脱水蔬菜，例如干利马豆、米、大头菜、玉米和马铃薯罐头，有时加点冷麦片泡奶粉。要是自觉有余力，我会煮点鲜海狗肉。

我对自己生存的不确定性，来自每晚吹熄蜡烛时，想到自己改天可能没有力气爬起来。我趁体力较佳的时候加满炉子的油槽。现在我只用油烟伤害比汽油小的煤油，也不再像早先一样拎着油桶到燃料坑道。唯一的容器是一加仑装，因此必须走四趟坑道才能加满油槽，以及供应防风燃所需的燃油。我爬一下，休息一下，今天早上单是加油就花了一个多钟头，手冻得厉害。我在卧铺伸手可及的架子上一点点地增加食物，这是我的紧急存粮。爬上床之前，我先确认防风灯是否加满了油。有了这番准备，要是哪天我下不了床，手边的食物和光明应该可以撑上一阵子。

最令我丧气的是，我的体力已涓滴无存，爬梯子到上头时，每上一级就得休息一下。今天的温度只有零下四十度，可是我虽穿了皮衣，寒意依然沁入骨髓。风从东南方不断地吹来，屋内留不住丝毫暖意。夜里浑身不住地抽痛。我最需要的是睡眠，偏是难以成眠。我陷入昏迷，可怕的梦魇扰人，早上要强迫自己钻出睡袋是极艰巨的任务。我觉得自己好像被人下了毒似的，但我一再告诉自己，一旦伏首称臣，一旦让昏迷所制，我很可能就此永远醒不过来。

我逐渐可以站起身来，对自己也逐渐恢复若干程度的掌控能力，只不过进步是渐进的，而且常有许多干扰，要长时间才看得出些许端倪。改善最明显的是，控制沮丧情绪的能力。我有心恢复极光观察作业，但老实说，身子还是太虚，在上头待不了几分钟。因此，我用根棍子撑着顶门，攀着梯子从下头往外瞧。星期日，阴霾而温暖。自记气象仪显示，北风呢喃，吹过东方，转入东南方，气温则上升到零上四度。我很庆幸。午后大部分时间不生火，而由于油烟减少，对减轻无线电联络之后的倦怠感大有帮助。

眼睛和脑袋疼痛渐退之后，最难忍受的就是满屋子的幽暗。我以前是期待光明，六月间则是渴盼光明。防风灯和蜡烛充其量只是洞窟里的一潭黄坑。我不敢点油压灯，一则要用小活塞打气，我不愿浪费太多精力；再则燃嘴先得用固态酒精片加热，初燃时油烟清晰可见。要论小心，可能没有人比得上我。在跟"小美洲"联络时，我请他们叫波尔特向华盛顿的"标准局"请教：（1）灯芯式防风灯的油烟是否比油压灯少；（2）煤油或液化汽油的湿气（烟囱管内的结霜融解的结果），是否易于产生一氧化碳。我以漫不经心的态度提出这两个问题，偶尔跟戴尔轮班的另一位无线电机师盖伊·哈奇森说，他会转告波尔特，我可能在下一次联络时——也就是星期四，就可以收到华盛顿方面的答复。我在这一阶段的生活，可以用今天的日记做个总结：

六月十日

……在我难得"起来"的时候，我会敦促自己到燃料坑道较远程的油桶提油。末端的坑顶又有点凹陷，但我没有力气去撑起来。这会儿，我连这额外的几步都举步维艰。有时，我甚至连最近的油桶都走不到。

我可以说，个人的自负之念已荡然无存，然而，今天我一看到坑道内那一小堆资料，却油然生起自豪感。不过，我倒是希望那些观测仪器别老要人照顾，虽然它们所求的其实只是举手之劳。它们无情地坚决且忠诚，在极地静默的寒冷和黑暗中，坚定地执行分派给它们的任务，日夜滴答响，要求我自己无法提供的支持，有时在我浑身疼痛、手指不听使唤之际，它们仍是无动于衷。它们似乎一再表示："要是我们停工，你也得停工；要是你停工，我们就停工。"

六月十一日

我设法以手术用的胶布盖住烟囱管以减轻油烟。现在，炉子几乎整天使用，为了确保空气流通，面对坑道的门大部分开着，屋内也因此一直很冷。桌上摆了一块肉，过了五天还不解冻。

下午，我熄了炉火以降低油烟，一直等到六点才钻进睡袋。肩膀疼得厉害，有时根本不能躺。我很想吃点安眠药，但又不敢冒险。越到紧要关头，越是时时不能松懈。

我还是不能顺利吃东西，非得嚼到接近分解不可才能勉强吞下。为了消除胃部不适，我常边吃边玩牌。我用三副牌，分别标上A、B、C，自己计点自己赌。现在连发牌都觉得我的胳膊酸疼。今晚，一局结束才吃下三口。

吃完时已到了午后八点气象观察时间，事后我休息一阵子，十点再上屋做极光观察。各位，我的生活跟大多数人没有两样，同样受着固定作息规范——一种形态一成不变地一再重复。话虽如此，打从五月三十一日之后，这作息已不太固定。

整夜雪下个不停，早上我爬上梯子时，赫然发现以平日的方法竟然推不开顶门。我歇了一会儿，再用肩膀去顶，还是纹丝不动。我下梯拿了把铁锤，砰砰敲了一会儿，好不容易才松动，但我已精疲力竭。

六月十三日

就南极的六月来说，天气算是出奇地暖和。我趴在睡袋里写这篇日记的时候，温度计记录纸和气象局报表就搁在一旁。我从记录中得知，一日以降的最低温是七日的零下四十六度，昨天最低温则是零下三十八度，今天零下三十四度。此外，风几乎是静止的，这对我也大有裨益。

不过，由于大部分时间都不生火，墙上的结冰也始终不化，眼见慢慢就要爬上天花板了。据我观察，结冰爬升的速度是每天一英寸左右。然而，不管怎么说，我还是渐有起色。意外地，我放弃喝早茶的习惯。对我这个喝了大半辈子早茶的人，这可不容易。不过，就算是温和的刺激性食物，最好也完全别碰。

十四日星期四是无线电联络时间。莫菲心情甚佳。他说，"小美洲"一切安好，还转述几则在试播时跟纽约聊天时听来的笑话。"真实性如何我无法保证，"他淡淡地说，"毕竟只是道听途说。"接着，波尔特汇报我所提出的油压灯和炉子的油烟问题。从他行云流水的措词判断，他应该是在念事先准备好的声明，我甚至可以从麦克风中听到翻纸时的沙沙声。他在爱荷华韦斯利大学讲授物理学时，可能也没这么热心、客观。

波尔特认为，两种类型的灯里还是防风灯比较安全。他提醒我说，若是燃油中湿气始终不去，会使得炉子或灯带有不纯的黄焰，可能就会释放一氧化碳。他还建议我，把炉子燃嘴附近漏的地方补好，否则漏油或炙热的金属会使煤油蒸发，发出令人呕意上涌的油烟。

在波尔特看来，这样应可暂时解决问题，我也持此看法，因为他所建议的方法我早已使用。我不便再进一步追问，以免引起疑窦。

接着，我这位资深科学家提到很符合他科学家胸怀的话题：流星观察。永夜开始以来，他跟队上弟兄就一直和全球各地的观测站合作，不断观察天空流星雨。我个人对流星雨颇感兴趣，也常在融雪煮水时发现碎片，因此，波尔特或莫菲时时会告诉我有关流星雨观察的进展。波尔特在他"小美洲"小屋的屋顶上建了一座透明塔台，几乎跟地表齐平，对着天空四个象限角度，天空晴朗时固定派有观察员看守。结果非常可观。南极大气层特别清明，观察到大量的流星雨，这不是灰尘和水粒子遮空的温带地区所能见到的。这是重大的天文发现，也使得地球从这来源接受多少物质的估计产生重大的改变。

"我们对这项研究结果很高兴，"波尔特说，"我也没想到成果会如此丰硕。因此，我们打算进一步观察。你知道，德马斯正在改装拖曳车，把帆布篷顶换成木制的结构体，配备上卧铺、炉子和无线电，换言之，完全是拖车观察站了。我们的计划是，把其中一部车开到'南径'三十英里外，在罗斯冰盾上建立第二个流星雨观察站。"

"预计待多久？"我键入。

"晴朗期，两天，"麦克风传来回答，"以这种方式取得的数据为基准，计算流星雨进入大气层时的辐射点和高度等。"

"拖曳车几时可以上路？"我键入第二个问题。

波尔特也不太确定，这得看德马斯和技师们的进度而定。"但一号车应该可以在这一两天内上路。"

"试车？"我猜测道。

"到阿蒙森湾再回头，"科学家说，"这个距离应该可以查知标旗被雪掩没的程度，以及是否可以沿路而行。"（阿蒙森湾在"小美洲"约十英里外，是鲸湾一处冰罅处处的海湾。）

"几时动身？"

"唔，大概在这一个月内。我们会视情况发展再跟你讨论完整的计划。"

"知道了，"我键入结束的电文，"星期天再见？"

戴尔插话进来："是的，星期天准时再见。晚安，长官。KFZ 收播。"这就是戴尔，精明能干，在我麾下服务以来，从不毛躁、不迷糊，而且跟漫漫冬夜一样，长久以来始终不失礼数。

奇怪的是，这计划提出时只是在我脑海中一闪而过，也许是疲惫之余没有看出个中利害关系。在南极冬夜期间正式从事大型活动，在此之前只发生过绝无仅有的一次（斯科特探险队的威尔森博士、雪利-吉拉德、伊文斯和鲍尔斯，徒步完成这次名噪一时的冬夜之行）。天寒地冻，雪橇狗戛戛难行，飞机风险太大，尤其是在迫降的时候。在南极，一个月是很长的时间，再周详的计划都可能化为乌有。等着瞧吧，我喃喃说道，一面跟跟跄跄地到坑道关引擎。我一时之间并未想到这发展跟我时运不济有什么关连。"小美洲"原本也没有这种打算。

跟前几次一样,无线电联络让我精疲力竭,不同的是这次复元的速度。在卧铺上躺了几个小时之后,到了傍晚时分,我自觉可以去散个步。"散步"也许不是很恰当的字眼,因为我是拄着竹杖,每走一步就停下来喘口气,平复一下急速跳动的心脏。我总共走不到二十码,虽然不远,但我已非常满意。你逐渐复元了,我告诉自己。这句话听起来颇具说服力。

我未曾见过如此生气蓬勃的极光。虽然已经由通风口惊鸿一瞥,除了固定的观察之外,还多次上屋去观雪,但整天天色阴霾,到了傍晚却像是专为极光而收起漫天乌云一般。起先只是一束光线颤动,接着,银色长河带着耀眼金光激射而出。大约十点三十分,我推开顶门再看一眼,但见极光已不规则地扩张,北方和南方地平线之间的天顶,宛如披上巨幅薄纱,先是轻轻搏动,然后越来越快,化成淡绿色圆弧,个个卓然不群。众弧上面光芒四射,层层相叠,呈扇状布满天际,亮度也越发增强。淡绿、红、黄之色富丽,暗沉沉的天空整个活了起来。

这雅致、抖动的运动颇见媚态。我坐下观赏,浑然忘却满身疲惫。摆动越来越快,众光相射陡然飞旋卷起,在巨颤之中渲染一层淡淡的色彩。巨图倏然消失,好像被水龙头吸光一般,只留下几缕光线兀自亢奋搏动,似乎在宣告:"稍安勿躁,还没结束。"

我在顶门下翘首仰望,心想好戏就要上场了。忽然,地平线东、南、西、北方，无数光线拔地而起，仿佛敌机空袭大城，人人从睡梦中惊醒，齐指着天空一般。一束束光柱冲天而起，距天顶约三分之二时，色彩转淡，悠悠滑落，不多时再次从地平线释放出来，带着万钧之力直冲霄汉，风华无限地冲上天顶。到了天空最高处，众光交织，形成日冕状的几何图案，四周缀着辐射状光线，宛如天河垂瀑，红色的火星、南十字星和猎户星的带状光芒相形失色，直如屋内烛光一般。

十五日星期五这一天，凌晨温度上升到零上七度，然后急转直下，骤降到零下二十度。到处结霜，鼓凸成一大片缘体。风向仪卡住，我在上午爬上电线杆修理，同时清理铜接头。（日记中写道："我的体力还不堪负荷，这种工作使我元气大伤。"）星期六，天昏地暗，气压缓缓降到二八点零四英寸。东北方又起风，打破了白昼的岑寂。雪降冰盾，风掠冰碛，通风管和烟囱管整天有冰碛卷进来。在寂寂无风的日子之后，风暴呼啸声尤其令人热血沸腾。远方呼号声似在提醒，我的体力逐渐恢复，安全无虞。我可以看书，眼睛不会痛，约一个小时就看完了马昆德这篇有关十八世纪奇人提摩太·德思特先生的故事。接着，我放起暌违近一个星期的留声机。一个大男人居然会没有力气上小发条，似是不可思议，但事实就是如此。播了什么歌我记得很清楚，也写入日记本里。一首是《玩具兵进行曲》，另一首是露西·马什所唱的《圣善夜》，这也是我最喜欢的，特别是开头的旋律：

> 哦，圣善夜，群星闪耀，
> 我救主降世之夜。

接下来的歌词记不清楚，接着是一段希望的喜悦。以前就曾一再放这张唱片，想弄清楚歌词以便学唱，但始终未能如愿，因此，那天我暗自发誓，这回若能活得了，我定要发起全国性的改革运动，主张日后探险家可能会学唱以求澄心静虑，所以男高音的咬字一定要清楚。

III：提案

六月是忽进忽退、胜负交织的时期，也是五月惨淡结束以来的重大转折期。十七日星期天是无线电联络的日子。我的日记中没有包括这一天，原因是鼓不起意志来写。好不容易恢复的状况，一夕之间彻底翻转过来。

六月十八日

昨日，无形大敌再度来袭。引擎从上次联络之后一直状况不佳，所以这次我提前约半个小时开机，以便做必要的调整。我依五月三十一日以来的惯例，先清理引擎出气口的结冰，再花二十分钟左右整理混合油门。引擎运作一顺利，我也头晕目眩，跪倒在地。跪在地上是本能反应。我爬回屋里，躺在卧铺上等候联络时间。我上机时间又迟了，对话时也是强打精神硬撑。但愿莫菲对我的回答还满意。

我垂着头关掉引擎。引擎已经比较顺利，油烟也少了许多，倒是我又回到这个月头四天的状况。因此，尽管言犹未尽，但今晚不知为什么总觉得写日记太耗精神。最糟糕的是，莫菲、波尔特和英尼斯-泰勒轮番上阵，跟我讨论提前春季活动日期的问题。事实上，他们在"小美洲"就已充分讨论以拖曳车部署活动基地的可行性，以便拉长田野调查季和扩大科学计划的范围。拖曳车改装的结果显然使他们大为鼓舞。不过，能否成行还不得而知。

这段文字弥补了言犹未尽之处，至少对我个人而言是很重要的。文虽惨淡，还不足以形容我所受的折腾。由于日记主要是留给家人的，这些日子我一直刻意淡化事实，免得留下我最后几天的惨况。例如，那天晚上我就衰弱得无法上屋做午后八点的气象观察，甚至没有力气把自动记录器的数据誊入气象局的报表。那一夜，我为疼痛所苦，咚咚的心跳几乎使我全身为之颤抖，我在睡袋内辗转反侧，难以成眠。我时时在想，长此以往，我一定会精神分裂。好不容易咽下一点牛奶也全部吐光，双臂酸软无法清理秽物。我蜷缩在卧铺上，好像和尚数着念珠般念念有词；声音一停，满室寂寥。在痛楚来袭的间歇里，我满心期待，等待和倾听是否有什么异响。这郁积的期盼既不是

第五章 六 月

恐惧，也不是希望，而是处于两者之间莫名的情绪。

要开始一天的工作本来就不容易，如今更是困难万分。太阳系的重量好像整个落在我身上，而我必须把黑夜推开，把白昼拉前，这任务只有大力士办得到。我每天早上必须强迫自己钻出睡袋，而这时炉火已熄了十二个小时以上，我冻得发抖，双唇咬得出血。是你自找罪受，心中有个微弱的声音说道。确是如此。尽管心意坚定，但若不是幸好在食物坑道一口箱子里找到六片热垫，我很怀疑自己是否挨得过第二次复发。

这些扁平的小热垫形状像信封，重约一磅，里面装有细沙状的化学物质，加水后可以发热。夜里，我把两片热垫连同保温壶带上床，倒点水在热垫里，轻轻揉搓到发热后，用根绳子拴在腰间，一前一后塞在长裤和内衣之间。若不再加水，热垫可以维持约一个小时，这段时间炉火刚好让室内转暖。幸好补给官心血来潮，把热垫丢进"前进基地"的装备里。我不知道热垫能用多久，只好省着用。

接下来的几天，好像绳头越绞越紧一般。我勉力维持气象观察作业，上发条，换记录纸，无法上屋时就老老实实地把数据转誊到一八〇三号报表上。可是，这些工作好像都跟现实没有什么关连。我仿佛分身为二，一个悠悠忽忽地在工作，另一个在卧铺上冷眼旁观。夜里同样苦不堪言。我倚着睡袋，膝上摆个箱子玩坎菲尔德纸牌。双肩酸疼依旧，发牌时尤其令人心烦意乱，手气一不顺就把纸牌丢到地上。我拿起路德维希的《拿破仑》，只看了一两页，字体开始模糊，眼睛隐隐作痛。你挨不下去了，心中那个爱发牢骚的声音坚称。这是习惯使然，不是你意志过人。你完了。

六月二十日星期三，中午时分，我腰间绑着两片热垫，穿上毛皮大衣，爬上屋去暂避屋内极为阴郁的气氛。烟囱背风面堆了一层冰碛，我累得走不动，索性坐在冰碛上休息。雪花飘飘，东面和南面地平线上跟罗斯冰盾一样幽暗，北面地平线上熏染的一抹盈盈嫣红，则已消失在地球转角处的太阳投射到最远处的余晖。冬夜最高潮即将来临。再过两天就是冬至，届时北行的太阳会在地平线下最大偏角二十三又二分之一度静止，然后回头往南半球而来。

在罗斯冰盾、"小美洲"和罗斯海荒寒冻原之外，太阳依旧执行它每日必然的神迹。温暖和光明从地球一端消失的同时，立时涌入地球的另一端，想起来便觉十分玄妙。有些经度上的数百万人好梦正酣的时候，别的经度上几百万说着不同语言的人，却在朗朗白日下，各自因着不同的欲望清醒过来。这一切似是遥不可及。在这里，太阳去也姗姗，来也姗姗。现在是六月天，以航海历书稍加推算，太阳一直要到八月二十七日才会回转到南纬八十度零八分。到那时我只怕尸骨已寒。

但你已撑过最恶劣的时期，现在是点收成果的时候了，心中那个声音说道。冬至过后，太阳日日升高，晌午时北面的阳光会日日增强，"前进基地"和"小美洲"之间的标旗，会随着晨曦日日掠过罗斯冰盾，一天天地摆脱黑暗，迎向光明。但你见不到这幅光景，那声音说道。我内心深处热切地否定它的预言。现在我唯一的希望就是看到太阳和日光掠过冰盾。我起码应该怀抱这点希望，否则求生的意志便会望风而逃。

我坐在冰碛上，这念头使我突然想到，"小美洲"和我闲聊时提到，八月间太阳升起后开始部署活动基地。我第一次意识到，这跟我自身绝望的现状可能有所关连。一定要他们往这个方向来，一定要他们来这里。我终于有了强烈的动机，非要看到太阳不可。

在此之前，我一直不太注意"奠基"的话题，把初步活动的细节交给"小美洲"自行去决定。这些活动有两条路线可走，一是向东往玛丽·伯德地而去，一是向南朝毛德皇后山脉而去。第二条路线会经过我门口，正因如此，我深深觉得为了家人和自己着想，有必要让他们在最安全的情况下，尽快先来这里一趟。这是唯一的合理态度。第二天就是无线电联络日，跟"小美洲"通话时，我会给波尔特一道措词审慎的指令，催他加紧准备以尽早成行，字里行间又不致流露出个人的急迫感。此事必须这样处理，否则休提。

心意已决之后，我满怀近四个月来少有的希望下屋。当晚我在日记里写道："……从十六日以来，我第一次觉得力气充足，不再视写日记为畏途。太阳仍远，十月更是远在一光年之外。若是能把联络时间改成今天下午的话，当浮一大白。"

莫菲起疑心

早上我准时和"小美洲"通话。"难得准时，可喜可贺，"莫菲说，"上次联络时何以草草了事？"

这单刀直入的一问使我愣了一下。我心想反正说实话也无伤大雅，于是打出简短的电文说，引擎的油烟使我"五内如焚"，因此决定关机查查有什么毛病。

"现在都没问题了吧？"莫菲追问道。

"是的。"

"那就好。"

"谢啦。"为了化解化可能的疑虑，我发出简短的报告，说明我如何排遣无聊——严肃无趣地简要叙述我在五月间所用的办法。

"我自己倒是以数羊来催眠，"莫菲怡然说道，"对了，若是天气好的话，一号拖车明天就可以登场。也就是说，若是人手足够，可以把车道上近五十吨的积雪铲掉，把车子弄上地面的话，波尔特和德马斯打算去试一下车。"

我闻言精神一振。"我有话跟波尔特说。"

"没问题，波尔特随时待命。"

我当然不知道，这时波尔特正在无线电室工作，人就在戴尔身旁。

电文简明扼要，只是说明由于探险经费枯涸，必须在从新西兰来的船抵达后，尽快结束探险活动，因此，我主张只要可行的话，应尽早展开田野调查作业，而且我可能会趁奠基人马南行前来的机会，提早回"小美洲"。结尾时我依旧嘱咐他，准备务求周详，要等到日光充足时再成行。

戴尔把电文复诵一遍。

"没错。"我说。戴尔在收播前，响应我上次提出的请求，把联络时间提前到下午两点。

"希望你能满意这种安排。"他说。

"很好。"

于是双方关机收播。

流星雨观察将扩大到"前进基地"

二十二日星期五犹如杯中美酒。这一天，太阳在冬至的旋转台上静止不动。鱼鳞天，半月孤悬，气温零下五十度，是六月以来最冷的一天。第二天，寒冷依旧，明朗依旧，但月亮逐渐变圆，看起来好像是一边有点磨损的古银币。我对自己也有了新的认识。七十二小时之前，我认命地苦苦等待十月救兵，如今则是把希望系在八月底。我心中不作他想，同时也不见得安宁。良心不容我行若无事。即便是鸿运高照，从"小美洲"到"前进基地"这段距离还会有一番苦斗。冬夜将尽的罗斯冰盾比起埃佛勒斯峰顶还要折腾人。千万不能出岔子，不能卤莽行事，否则便会前功尽弃。

六月二十三日

这几天备觉艰辛。为了让身体摆脱烟害，尽快恢复体力，我熄火关灯，在睡袋里一躺就是好几个小时，虽然全无胃口，还是硬逼着自己吃点东西。

六月二十四日

仍然觉得不舒服。今天无线电联络时，贝利要我把时间再调回早上，说新联络时间打断了"小美洲"和美国的联络作息。我问戴尔是不是很要紧，他说由我决定，他则认为午后联络也无不可。"那就保留吧。"我说。我乍闻贝利的请求觉得稍嫌自私和鲁莽，仔细一想倒认为是好现象。由此可知，向来独立性很强、很在意自身权益的"小美洲"弟兄，只是把我调时间的请求解读成受一氧化碳所苦之下，一时心血来潮的举动。

六月二十五日
无事……无事……

六月二十六日
我计算一下热量，发觉每日平均摄取量约为一千二百卡路里。不够。我的摄取量应该是二千五百卡路里。因此，为了增加卡路里，今天早上我在热牛奶里加了一大块奶油，晚餐的菜单则是干利马豆、米饭和马铃薯，加上大头菜罐头、弗吉尼亚火腿。我虽然吃得多，其实却是胃口全无。

六月二十七日

无事——应该有数不清的事可以写，只是我无心……

次日有很多消息进来。我准时联络。戴尔语调轻快，带着北方人特有的含蓄说道："博士和莫菲都在等你。相信你对他们的报告一定会很感兴趣。"

两天前，波尔特亲自登上一号拖车，经阿蒙森湾到距"小美洲"约十二英里冰盾外的高原。"一切顺利，"波尔特说，"我们绕过冰罅，沿径而行没有太大困难。标旗无恙，风雪似乎没有造成太大损坏，正舷方位一出现标旗，前灯方向立时现出另一面旗子。不过，若能再拼装出一盏探照灯来，应该会大有帮助。"

接着，这位资深科学家话锋一转，开始说明他自己的提案。也就是把先前的流星雨观察之行扩大到"前进基地"，以便观察八月初的流星雨。他说，这是一举两得，一则把基线延长到"前进基地"，既对观察有益，观察人员也可在我的基地小屋避雪御寒；就我这方面来说，如果我等到稍后的奠基行动，可以先跟拖车一起回"小美洲"。奠基行动的人数还没决定，但他估计最初先派五个人，而其中两人会在"前进基地"待一个月，继续进行流星雨和气象观察。

波尔特接着说，目前的计划是，待二十三日至二十七日之间一放晴就开拔。在这段时间内，午夜时分满月在正南方，中午时分后方日光最强。波尔特不想延后时间，以免即将来临的黎明破坏继续观察的机会。但另一方面，他和"小美洲"的弟兄也不认为提前启程是明智之举。再说，据德马斯估计，起码要三个星期才能完成另两架拖车的改装，后备车尚未准备就绪就出发，恐失之莽撞。

就是这么回事，跟气象观察简介一起提出来，字字在耳机中铿锵有声，我几乎不敢相信。这话倒像是第一次发作之后，常令我苦恼万分的幻觉。不，那安详而略带迟疑的声音接着讨论到奠基之行的各个层面，合情而又合理，不可能是发烧胡思乱想。如此大好消息，如此突如其来，可说是前所未有。我心头一震，既然判断力甚佳的波尔特和莫菲都有意完成此行，显见"小美洲"并不认为有太大风险。我心中有个声音说道：这是他们的活动，与你无干，他们是为了自己的研究前来，你不必觉得不安。

接着，我听见波尔特问道："你有何高见？"

我手按电键，心中却犹豫不决。"等一下。"我打出电文。这活动毕竟还是跟我有关，结果的成败仍然在脑海中挥之不去。

第五章 六 月 177

我一时间不知怎么回答，只好告诉他再试几次车，再告诉我结果。不过，口中虽然这么说，我的内心深处知道自己不可能拒绝他的提案。我已受尽折腾，不可能放弃最后一丝机会，况且，此事成败不仅关乎我个人和家人。我已债台高筑，而春天的探险活动更是件大事，万一我倒下，后果肯定会无法收拾。这倒不是指理查德·伯德会因此而丧命，凡人皆会死，而是一旦我不见了，百人众志成城的凝聚力——领导、计划和可以争取贷款以支付船、拖曳车、飞机等装备和人事费用的名号，也会消失，因为本人的名字可以吸引无数人到演讲厅、电影院和收音机扩音器前。这名字——而非这副病痛缠身、行将崩溃的躯壳，是资产。但是，这跟我又有什么关系呢？

那天下午到晚上，我盘腿坐在睡袋里，膝盖上摆着航海历、对数表、笔和垫板，以及"南径"路线图，仔细权衡利害。诚如波尔特所说，七月的第二周后月亮回来，第三星期满月，同时，太阳加速爬上地平线，中午时分日光还算充足。我在纸上写满了数字，估算燃油消耗量和拖车容量，为拖车小组代拟安全措施。毕竟，最后凡事还是得靠人，只要他们有毅力、审慎将事且一路小心，风险应不致太大，险阻也不致太严重。

很大的一个问题是，七月时节"南径"上的日光是否足够让他们循径而行。揆诸险峻的冰罅，特别是在五十英里储备站外冰谷中的冰罅，此行并不比由"小美洲"直奔此地。若要安全绕过五十英里储备站，拖车必须沿着"南径"小组插旗为记的路线。三月间拖车队从"前进基地"回"小美洲"时，每隔六分之一英里插旗为记，标旗数目前已经增加了一倍，唯一要担心的是，可能有数十面标旗被暴风雪吹倒或淹没，使得这全长一百二十三英里长的路线上，出现一大段空档。

但不亲自走一趟是无从判断的。诚然，波尔特试车的结果令人鼓舞，上回我借着月光观察，"前进基地"附近的标旗大致无恙，虽有一两面旗子被冰碛压住或扳倒，看不太真切，但大部分只是旗杆四周堆了四五英寸高的冰碛（依直线插置的标旗是宽约一英尺的长布条，大部分是黄色，绑在二点四英寸大的竹竿上；当然，除了标旗之外，在储备站各直角方位还有燕尾旗或三角旗）。不过，这是因为罗斯冰盾地势平坦，冰碛不会堆积太高，在地势低洼处的标旗很有可能完全被淹没。若是标旗被淹没，无法循线而行，那么，至少在太阳回来之前，此事只好作罢。

我尽可能客观地评估，正因如此，风险也越来越大，下午油然而兴的希望逐渐消失，虚脱感袭上心头。我满怀沮丧和无尽的疲惫吹熄蜡烛。

月儿稀，寒意重，六月渐逝。二十八日星期四，最低温度降到零下五十九度；星期五，零下五十八度；星期六，零下五十六度。墙上薄冰已爬到距天花板三英尺光景，形成锯齿状的线条，不由令我想起教科书上说明冰河世纪如何侵袭地球的图表。

第五章 六 月　　179

上次发作唤醒最初的疑虑：有一天可能孱弱得连燃油也无法提进屋。因此，我便趁此时体力较佳的时候，把屋内所有空的食物罐都装满煤油，以备不时之需。我把这些备用燃油堆在屋内各角落，多出来的就以不用的内衣裤盖着防雪，搬到门外的阳台上。为了多腾出些容器，我把利马豆和米倒进一口美国邮局布袋，以便空出大锡罐。补给官显然有先见之明。

午夜时分，也就是这最长一月的最后一天中的最后一个小时，我把六月份的月历翻到后面，然后做了一件奇怪的事：我量了下月历纸，是十二英寸高、十四英寸长，蓝底白字的阿拉伯数字高一英寸。

希斯洛普股份有限公司
工程器材供应
新西兰　威灵顿

出处说明的下方一小叠，是一年中的其他月份。

时至今日，只要一闭上眼睛，这副二百零四天里朝朝暮暮相见的月历便历历如在眼前。我常在四周白边上草草做上记号，如油桶未满、保持通风管畅通、无线电联络和给炉子油槽加油的日子。但四月和五月是每天用红笔打叉或涂掉，六月却有整整一半没有类似记号。漫漫无期中，一天算什么？

第六章
七　月

Ⅰ：寒冷

七月一日

天气越来越冷——今天最低温度是零下六十五度，我隐隐觉得，这个月跟六月反其道而行，可能会很冷。幸好六月十分温暖，否则我只怕挨不过来（记录显示，六月低于零下四十度的计有十三天，零下五十度五天，没有低于零下六十度的）。现在，炉火生着的时候，我在可以忍受的范围内尽量把门打开，熄火等油烟散去后，再用破布（其实是破烂的衬衫和内衣裤）塞住坑道中的引擎出气口和通风管入气口，以免坑道和小屋内冷意逼人。正确地说，一天中我有十二到十四个小时不生炉火，可以说是毅力大考验。昨晚我在睡袋里还冻伤了一只耳朵。

我很担心冰碛。我有多时没能料理，屋顶上的冰碛堆积得越来越厚。早上我到上头做气象观察时，还注意到逃生坑道和小屋西边的坑道旁冰碛堆得很高。不过，我得再过一阵子才有时间处理。无线电联络时间挪到午后，有了更多时间准备，体力消耗不至于那么严重，对我恢复体力是一大助力。今天的联络虽然累人，总算不像以前一样把我累垮。

"小美洲"没什么大不了的消息，哈奇森说。莫菲和戴尔出去滑雪，波尔特博士跟气象观察人员在一起。"小美洲"消遣花样繁多，令人艳羡。当然，他们想必也很羡慕在国内跟他们通话的人……

我拍发电文，批准流星雨观察行动，条件是要通盘考虑危险性。

七月二日

……我开始看书，今天读了两章《寄庐》，希望晚上再继续看。能够暂时忘我地看一两小时书，是人生一大乐事。此外，晚餐后我还放了唱片《修道院花园》《维也纳森林故事》《天鹅》。听着听着，希望涌上心头，除非再一次严重发作，否则我撑过难关的机会很大。尽管还是羸弱不堪，但这一星期来确实大有起色。想到这里不由精神大振……

七月三日

……寒冷依旧，今天是零下六十二度，墙上结的冰又往上爬了一英尺。我终于设法处理了原先将就倒在门外的结冻馊水。我坐在顶门用绳子吊着水桶，把馊水拉到屋顶上，再倒在背风面。当然，这表示我得上下梯子十数次。这时我不免心想，要是上头有个"忠仆星期五"①，我只消吩咐一声"拉紧，星期五，又满了"，可就省事多了。结果，我每上下一趟，就得坐下休息好一会儿。不过，一番折腾下来，坑道干净了许多，毕竟还是值得的。

七月四日

我发觉自己有体力铲除冰碛，心头大为振奋。不过，在零下五十度的气温下，我还是得强打精神，而且，我好像变成野兽一般，一不对劲就本能地退缩。我的改变居然会如此之大，自己也觉得奇怪。以前我非但不在乎冷，反而还挺喜欢它净化、消毒的作用，现在却是抵抗力大不如前。例如，今天下午我鼻头就冻得厉害，每隔一两分钟就得脱下手套呵呵鼻子，结果却又冻伤了指头。

户外走动对我大有好处。虽然每次不到半个钟头，但总共可能有近两个钟头。夜里还是很暗，中午时分北面地平线上的色彩已有日出的迹象。距太阳升起还有十四天……我向来珍视生命，但在程度上和现在不可同日而语。再次感受生命搏动的意义，不是言语所能形容。我一直在想，一旦生离此地，自己要尝试什么新鲜的事、如何以不同的方式处理自己所熟悉的事，

---

① 星期五是《鲁宾逊漂流记》里的黑人忠仆。

希望不要沦为诗中的和尚一般：

> 这和尚，病时像和尚
> 元气恢复时是坏和尚……

最近天气晴朗，万里无云，抬头望去似乎可看穿在国内时连望远镜也看不透的九霄深处。我重拾散步习惯，虽然每次都走不远，但从再晤斗旋星曜和南极光万种风华中，已足以让我信心倍增。在料峭寒意中，南极光的变化臻于化境，冰盾之上连续数小时沐浴在它所激发的冷光之中：有时，一道玄光大河横过天际，比密西西比河要宽上一百倍；有时，淡光相射，如银莲花瓣散落满天；通风口一点红光，恰似林火掩映。

有时，当温度降到零下五六十度时，极寒中朔朔生风，风利如刃，拂面如削，我再怎么旋身扭动，就是驱不去刺骨寒意。也许我会从脚趾冻僵，最后一命呜呼。我上下跳动以驱除寒意和促进血液循环时，鼻子会冻僵；脱下手套呵鼻子，手会冻僵；手腕、头盔系带摩擦的喉头、颈背和脚踝寒热交加。冻死想必是很难受的事。有时感觉很重要，但麻痹就会使人完全丧失感觉，好像吃了鸦片一样了无痛苦；有时，那袭人寒意的痛苦却又像是在强烈化学药池中慢慢溺毙一样苦不堪言。

罗斯冰盾在冷意中收缩，隐约可以感觉到地壳的震动。雪震倒是越来越强烈，有时声如闷雷，声声相叠，厉害时连小屋也为之震动,好几次把我从沉睡中震醒。我常想,自己处在相当于震央的位置,而这连续震动次数不断增加,无非是表示"前进基地"四周的冰罅洞开。这可能是前兆;我逐渐恢复的安全感就跟这冰盾地壳一样,全赖不太保险的均衡状态维持,一遭强烈打击就断裂为二。

以紧急装备与"小美洲"联系

五日星期四,果然打击从天而降。这一天,无线电联络已准备妥当,不料汽油驱动的发电机却发生故障。我拉下开关试试,电压表上是零度。我原以为可能是接触不良,事实不然。我一路查到发电机,才发现曲轴柄根本就发动不了。这可糟了,我对自己说。没准我什么也没修好,就先冻坏了一条膀子。

我放弃准时联络的打算,埋头修理机器,到了晚餐时刻,总算把发电机分解。问题很严重。发动柄上一片接线焊片断了,我想尽办法,但没有一样派得上用场。除了休息和吃饭之外,我一直忙到晚上。到了午夜,桌上散置无数零件,卧铺上则摆满了工具,我再怎么殚精竭智,直到第二天中午还是想不出解决办法。唯一办法是换个新的,但叫我上哪里去找曲轴柄替换?

疲惫、绝望之余,我终于断定自己已彻底失败。剩下手动式紧急备用无线电组件,但我怀疑自己的体力是否足以操作。

第六章 七 月 185

操作那组机器通常需要两个人，一个以曲轴柄发动，供发报器所需的电力，另一位打密码，现在我体力不足正常人的一半，却得独力操作。拖车之行迫在眉睫，偏在这紧要关头时候出故障。不仅如此。我心念电转，想到戴尔连续呼叫数小时不得响应，开始担心，甚至惊惶失措。不错，偏在最要命的时候发生这种故障。我在六月间千辛万苦保持联络，就被这么一片毫不起眼的铁片毁于一旦。

星期五醒来，觉得满心凄凉转为危疑不定。我打开紧急装备。接收器已在几星期前测试过，没有问题，发报器可就不一定了。发报器装在一只七英寸见方的铁盒子里，盒子连着三脚凳，其中一脚是操作员的座位；盒子两侧有两根短曲轴，是供转动发电之用。我照着说明书，好不容易找对了接线。天线导线上附着一具铜质手开关，可以扳动连接发报器或接收器。组装完成后，我颤巍巍地站在无线电桌子旁。这看似工艺品般的装置虽然简陋，但我隐约觉得它可以派上大用场。

我看了一下手表，已将近一点。我一刻不停地忙了四个小时，当然，九点半的紧急联络已错过了。不过，戴尔会在两点收听，以防我错过正规通话时间。我匆匆以热牛奶、汤和饼干权充午餐。两点，新装置第一次登场。我把开关扳向发报机方向，然后以施特吕姆佩耳的《实用医学》压着电键，"小美洲"若有人收听的话，应该可以听到连续信号。然后，我跨坐在三脚凳上，两手扳着曲轴柄开始发动。拉力大得出乎意料，我虽不知道磁阻多少，费时费力倒是很清楚。转速变快之后，我右手拨开电键上的书，敲出 KFZ-KFZ 信号，左手仍然转动发电机。各位是否玩过一手揉肚子、一手上下拍头的游戏？现在的情况约莫相若，只不过我身子还很虚，又不熟悉摩斯密码，使得动作更为困难。

我呼叫了五分钟，然后把开关切到接收器，用颤抖的手指调到戴尔所设定的波长。我只听见静电沙沙声。我再试戴尔标示的另外两个频率，还是没有反应。我上下移动指针，依旧静悄悄的，若不是发报机没有发出信号、接收器调得不准，就是"小美洲"无人接听。我大失所望，差点没哭出来。尽管体力已明显消退，但我只在卧铺躺了十分钟左右，起身再次呼叫。我把开关切到接收器时，已经累得神思恍惚。蓦地，戴尔的声音一闪而逝，只一秒钟光景，马上消失。我拼命地转动调频盘，想找出那细如发丝的波段。

"请说话，KFY，我们已收到你的信号。请说，请说。我们已收到信号。"是戴尔，好极了，好极了，我思忖道。

我切到发报机，以寥寥数语告诉戴尔，引擎"当机"，我好不容易才搞定紧急备用装置。

"我们对这件事感到很遗憾，"戴尔说，"我们会尽量简短电文。"

莫菲接着念了一段打算拍回美国的流星雨观察之行简报。他说什么已经无关紧要。他一念完，我只是说："OK，现在起无线电情况不安定，要是我没按时联络，无需惊慌。"

莫菲缓缓地轻声说："你也知道，前往'前进基地'很困难，当然也很不保险。我们这里是这么认为的。因此，我们正在探讨所有的可能性，做最万全的准备，很有可能延后许久。如果我是你的话，我不会太指望拖车可能在七月底之前抵达。"

我愣了一下，心中突然掠过一个念头：他们明知此行艰险，仍然依计划而行，莫非是我不知不觉中露出马脚？想到自己居然会做出如此愚不可及的事，我不禁心头一沉。我尖声插话表示，既然他们认为此行危险就该放弃。我本来还有很多话要说，怎奈已转不动曲轴柄，于是只好键入继续的信号"KK"，等对方继续说。

虽然电文发得很糟，但他们显然了解我的意思，莫菲仍然以平淡的口吻说道，我以如此方式打断他的话，可能是有所误会。他接着说："我的意思是，我很了解独居三个半月是何等的漫长，更了解万一在几番讨论之后，拖车还是延误许久，是何等的令人失望。"他说了很久，但我心儿狂跳，开始天旋地转，加上信号莫名其妙地断断续续，我听到的其实并不多。

接着，波尔特很快地报告一下准备情形。我同样有一大半没听到，但他问我在人选上是否有什么建议时，我倒是听到了。

我的回答是："没有。"

电键旁摆着我早上拟好的冗长电文，提到各种安全措施，诸如拖车应准备大量储备油、面罩、长手套；两套配粮和露宿装备，一套用雪橇拖，一套放在拖车上，以防万一其中一套掉落冰罅。波尔特说完后，我趁臂膀还能使唤的时候发出："彻底试车，多插些标旗。"然后键入复诵汇报的信号。他们是否复诵不得而知，反正我是没听见。我再发一遍，然后收播，颓然趴在发电机上，一面暗骂自己太不中用。尽管如此，"小美洲"没有起疑还是让我颇觉欣慰。

这时的气温是零下五十度，我却汗如雨下，潸潸流下胸口。我关掉炉子，踉跄爬进睡袋。这是第三次发作，在元气大伤五个星期之余来这么一下，差点没让我一命呜呼。若不是事先像松鼠般孜孜矻矻准备了一星期的贮油、三个星期的存粮，我很怀疑自己能否撑过那段时间。我又孱弱不堪，只能以慢动作料理非做不可的事，这对我的满怀壮志简直是一大讽刺。浑身酸痛一发作，呕吐和失眠也如影随形。

七月七日

包括我自己在内，万物都笼罩在寒冷中。整整两个星期，温度计红色指标都在零下四十、五十和六十度之间徘徊，但方才用手电筒逡巡一下，却见指标已低于零下六十五度，天窗上的结冰散开，跟已爬升到与我眼睛齐平的墙上结冰相会。我急切地希望寒冷稍敛，因为我为了取暖已冒了空气更不流通、油烟更大的风险。

我的情况还是很糟，脑袋莫名地困倦和迷糊。昨夜很恼人，

第六章 七月

今晨情况最糟,这幽暗、寒冷和冰盾上的单调,无不紧揪着我的精神,我的从容和泰然已然不见。这次发作使我不由回想起,海官见习航行时在英国感染伤寒后的情形:发了好几周的高烧,好不容易才恢复正常,进固体食物那天(我饿坏了)再次复发。如今是重蹈覆辙。现在和当时的情形一样,都是以孱弱的身体和心理状态,面对另一场大病。

今天又错过了跟"小美洲"联络的时间。我呼叫和倾听了起码半个钟头,这是我能忍受的最长时间。没有反应。我心想他们也许会听到,于是再拼命地呼叫:"完全听不见,接收器故障。OK,OK,OK,OK。"整个过程令人沮丧至极,我摇摇欲坠,已濒于昏厥边缘。

终于找出无线电的毛病

南风呼啸,寒风直掠罗斯冰盾。从那天一直到七月十七日,每天平均温度始终没有高过零下五十四度,大部分时间在零下六十度左右,十四日甚至降到零下七十一度。仪器百叶箱结了霜,好像薄荷酒饮料外头的水汽。天空中有时猛然洒下冰晶,犹如干燥、触肤生热的冰雨。就某种意义上说,我几乎可以看到寒意降下。每回推开顶门,就见从冰盾而来的超寒空气,以及坑道与小屋较暖空气交会处形成一道浓雾。尽管每天生起炉子的时间都在十五到十六小时之间,热度还是不足以融解以每天一英寸的速度爬上墙的结冰。天花板爬满了结冰，几乎未曾融过，同时，每天往上爬的墙上薄冰，除了西面因有炉火热度阻止上升之外，终于和天花板上的结冰连成一气。我冒着失火之险，夜以继日地以防风灯放在自记气象仪下方，以防干电池结冻。

这一段时间，我完全靠预先贮存在卧铺下方和架子上的食物维生：克宁奶粉、爱斯基摩饼干、番茄、豆子罐头、大头菜、米、玉米粉、利马豆、巧克力、果冻糖渍无花果，以及还剩一点家母所送的美妙火腿。我不太注意这些乏味的食物，不单是因为它们营养还算充分，而是在这最艰难的时候，我已无法准备复杂的食物。罐头食品在炉子旁摆了好几个钟头，往往还是得用铁锤和凿子才能将食物取出。我的手指再次因碰触生冷的铁器而炙痛。不管我勉强咽下多少食物，或穿起多少衣物，还是无法恢复身体制造热量的机制。有天晚上，我觉得有余力洗个澡（一星期来第一遭），这才赫然发觉自己已是形销骨立，肋骨根根可见，双臂肌肉松垮。我刚来"前进基地"时体重是一百八十磅，到了七月时恐怕还不到一百二十五磅。

七月九日

我觉得欲笑无声，或者说得更正确些，觉得自己像是乌龟脚朝天。单调的生活令人难耐，最近我看不下书，也无心转动留声机。我必须脱离消沉，而唯一的办法便是借助赖以撑过上个月的信心。上个月我几已臻于内在安详的境界，如今则几近荡然无存。一定是在哪里出了岔子，我非得找回内在和谐不可。

七月十日

……由于寒冷持续，不得不一直生着炉火，我担心自己可能已吸进过量油烟。眼睛、脑袋和背部疼痛，这些症状我已经很熟悉了，至于是寒冷还是油烟对我伤害较大，则不得而知。我已从尝试与错误中学到很多，但在尝试和错误之间是否有两全之策却全然没有把握。

昨晚彻夜难眠，我第一次——希望也是最后一次服用安眠药，因为若不小睡片刻，明晨一定爬不起来。我整天虚弱不堪，想必是服用安眠药的关系……

七月十一日

……昨夜情绪低落，神思困倦迷糊，渴望光明的念头十分强烈，因此，尽管已下定决心，我终究还是点起油压灯，享受大约半个钟头的光明。好像是日光重现一般，角落上黑暗顿消，纾解了昏黄摇曳灯光所造成的压迫感……

我发觉问题的症结在于，我一直望文而不思其义，只是一再重复我对宇宙造化的信念，没有切实去感受个中含义。这是我走了岔路的原因，只要能同时感受和坚持真理，应该可以重拾内心安详……

跟"小美洲"失去联络使我的情绪更为低落。九日星期一，我在紧急联络时间听了半天，没有任何反应，星期二也一样。鉴于发动发电机太耗力气，我只好放弃呼叫。很显然，问题出在我自己体力不济。我每天无时无刻不在豁弄发报机和接收器，分解组合了五六次。我细读戴尔为我准备的说明书和简易维修指南，唯一能找到的毛病是，发报机接触不良。十二日星期四，我听见戴尔微弱的呼叫声，赶忙设想跟他联络："已听见。无线电有问题。请说。"我不但发出电报，在急切之间甚至念了出来。可惜密码和口念都没有用。戴尔呼叫 KFY，催我回答。我发动引擎，每隔五分钟发出："已听见，这里一切 OK。OK，OK。"一共发了两次。这已是竭尽我所能了，但还是不通。我听见莫菲的声音，但听不清他在说什么，接着便寂然无声。我仿佛身陷流沙中，徒然对着一位听不见我声音的人呼叫。

七月十四日

……谢天谢地，我总算找出无线电的毛病——天线的引入线接触不良，这颇出乎我意料，因为上回联络过后的第二天我才检查过。有些发现之后，我加紧检修，上紧所有的接收器和发报机连接线。

我挺不喜欢这连续不断的寒天。温度记录器上的气温已降到零下七十二度，我得在所有自动记录器的油墨中加入更多的

第六章 七 月　193

甘油以防结冻。

七月十五日

今天一整天喜忧参半。喜的是，我终于跟"小美洲"联络上，忧的是，发动发电机累得我精疲力竭。最令人欣慰的是，我发现失去联络并没有引起"小美洲"骚动。他们还是很冷静，我虽然很想知道他们对我没有联络会作何解释，却又不便询问。此外，我唯恐莫菲会对我多作盘问，一联络上就发出预先拟好给波尔特的指示："若找不到路径则尽快回小美洲。多带标旗、瓦斯、食物、皮衣和露宿装备，最重要的是，绝对要确定不会迷路，以及燃油不会用罄。"

我隐约听到戴尔说，他有一部分没收到，要我重复一遍，可惜我已力有不逮。因此，我发出最后告诫："以弟兄们的安危为重，不要冒险。"

莫菲接手，说他们很高兴我恢复联络。他解释道，他有很多重要的事要报告，不想多问我这边是否发生了什么事。他接着说道，万一再失去联络，他们会在七月二十日后第一个好天上路。我听他这么一说，知道他们把和我失去联络往好的方面想了。莫菲补充说，要是日后再失去联络，他们会姑且假设我的接收器还正常，在早上九点半和午后两点广播。他要收播前提到风速计标杆，但已听不真切……

信号一进来,波尔特已经以他惯有的审慎而明确的口吻说,南行人马包括他自己、韦特(无线电操作员)和斯金纳(司机),以及预计留在"前进基地"观察的彼得森和弗莱明。他预计此行不会有太大困难,但建议我在他们启程后,每天中午烧一罐瓦斯当作烽火。

朱恩提到此行可能遭遇的问题,可惜我听不太清楚他在说什么。他说完之后,莫菲接手做个总结,而且复诵了好几次,以确定我能听清楚。其实他所说的不过是,此行只是试探性质,若是情况不对,波尔特会折返"小美洲",待光线较佳时再启程。"星期二同一时间再联络,"他最后说,"之后每天在固定时间广播两次。"

这些消息的确令人宽心许多。我想发出确认电文,可惜力气已耗尽,收播时兀自听见戴尔要我再复诵一遍。("小美洲"日志上说:"……这时伯德说:'OK,每天听十分钟……'戴尔要他再说一遍,但只传来他发动发电机的呜呜声,接着就是'再见',我们只好收播……没有回答。")

"小美洲"的怀疑

虽已事隔四年,如今回想起来仍觉得不可思议。我没说真话,因为除此之外别无他法,"小美洲"也没说真话,不同的是,他们已开始怀疑我没说真话。他们既看穿我虚应故事误导他们，他们也杜撰些话来误导我。

莫菲大概是在六月最后一个星期，就已觉得"前进基地"情况不对。他的疑虑并没有确切的佐证，诚如他自己事后所说，"只是我的想象和直觉，以及你莫名其妙地失去联络"。然而，他疑惑之念未消，在无线电的另外一头，有如医生把脉似的，端详着戴尔打字机上成形的我的电文。七月间失去联络，使得莫菲的疑虑得到证实。他注意到我有气无力地使用手动式无线电机组、电文模糊不清、字与字间相隔太久，疑念更炽。在他看来，除了我形体日衰之外，没有更好的解释。

不过，"小美洲"的弟兄起先并没有把他的话太当真。他们认为，莫菲不是心灵学家，焉能明见千里之外，以及我本来就对无线电操作不熟，通讯效果不佳原是预料中的事。尽管如此，我可能出事的想法依旧萦绕在莫菲心头。

波尔特坚称，他提出前来"前进基地"观察流星雨的建议，并不是受到莫菲直觉的影响，我还是疑虑重重。我知道他为人恭谨，越来越觉得他这么说只是为了消除我的不安之感。不过，他和莫菲着手计划"前进基地"流星雨观察行动时，遇到强力反对，这我倒是知道的。我在"小美洲"建立的组织称得上是"宪政体制"，但凡重要的提案都得提交由十六名军官组成的参谋小组表决，小组若有三分之二反对，即可否决执行官的提案。据我事后所知，正反意见的人数相当，辩论十分激烈。"小美洲"意见分歧，议论持续数天之久。反对的主要论点是，我并没有明确批准可在永昼到来之前，前往"前进基地"。反方主张，我事前已严令不得夜行，并指出先前我批准奠基行动时，已特别提醒波尔特，待光线充足时再启程。

莫菲虽向参谋小组坦言没有任何具体佐证，但仍坚持他的直觉，并坚决主张采取断然行动。"各位所说的不无道理，"他告诉参谋小组，"的确不宜凭直觉叫弟兄们去冒险，但是万一我所料不差，是各位错了，那么我们永远不会原谅自己。"波尔特这方面则是纯就流星雨观察的价值立论。不过，小组中有很多是现役海军或退役海军出身，已经习惯听从断然的命令，对他们而言，研议中的行动显然是刻意规避明确的指令，只是由第六感所策动的鲁莽行为，可能招致不测，有使得领队和他们自身蒙羞之虞。诚如他们所推论的，如果这是一趟救援之行，依常理和领队原先的指示而言，首先需直接询问待援的人是否真正需要援助。

莫菲不会出此下策，理由是，若把这些事实摊明，独守"前进基地"的人唯有否决一途。因此他的论点是，此行可以提供波尔特观察所需的基准数据，同时又可以查明我是否无恙，可说是一举两得。他跟波尔特就是凭着这个论据，好不容易说服参谋小组批准。形势豁然开朗之后，就是不断向我推销此行纯属流星雨观察计划，因为他们很清楚我不太可能阻拦波尔特的重大科学计划。我的答复虽然模棱两可，但我一同意他们便可放手而为。若是我无恙，更好，波尔特只消架起流星雨观察设备即可,除了莫菲之外,没有人会知道极地联络官出了个大洋相。反言之,若是我真的碰上麻烦,则正好是此行的双重目的之一。

尽管有这番骚动,甚至在我失去联络之际,他们仍然一再安我的心,说一切如常,流星雨观察之行的准备进展顺利,期待很快就能跟我见面。

这些都是我后来才知道的,在一九三四年七月间,我根本无从得知。莫菲的措辞极为谨慎,让我没有起疑心的余地。不过,在这四年当中,回想起当时的片断,我想我是完全了解了。这则事故的核心人物心照不宣,其他人顶多只是略有所知,加上些他们自己的猜测,但由于这些事是"前进基地"故事和我个人际遇的一部分,我觉得现在有必要把自己所知道的写出来。

Ⅱ:拖曳车队

白昼在北面天空缓缓散漫开来,光影变幻持续约半小时之久,正午前后一小时则是灰色曙光流连天际。有一天,我坐在烟囱管背风面的冰碛堆上,一面看着明灭光影,一面告诉自己,不消多久,迤逦罗斯冰盾外便会现出拖曳车的车头灯黄色的灯光。但我不能耽于这念头太久。我受够了折腾,经不起再一次失望。我告诉自己,他们能来当然是好事,若是他们折返,我的情形反正不会比现在更糟。曙光一消失,天空极光骤现,有如一面扇子般张开，不过一两分钟光景，罗斯冰盾一片白光闪耀。我可以看到数英里之外，虽然有时不免受光影误导，但这条路上，每隔半英里就有一面标旗，我能看到的起码就有三面。

七月十六日

今天我没来由地感到希望油然而生：拖曳车队必然能突破难关前来。波尔特为人坚毅，弟兄们在他的带领之下安全无虞。也许是确知"小美洲"已在积极准备，使我心头希望确实有所依循的缘故，我真的觉得自己复元了许多。不过今天的气温依旧在零下五十度左右，天气还是极为寒冷。昨天是零下六十八度，前天和大前天都是零下七十一度。

七月十七日

……今天温度记录器最低温是零下六十一度，但已开始向四十一度攀升。我衷心祈祷，这是寒冷期结束的前兆。今天，煤油结冻，我在坑道里生起汽化煤油炉，还是没有多大效果，我不得不整个下午开着小屋大门，让屋内的热气散透坑道，化开煤油以便汲取。但这也使得屋内冷得令人难受。

十八日星期三，寒意渐退，不断带来贸易风，风势原本从毛德皇后山脉直奔而来，现在也由西转北后增强，使得气温爬升到零下二十八度。第二天风势更强，最高气温回升到零下

第六章 七月　199

二十三度。我衷心欢迎这一变化，因为寒意稍敛虽只是短暂现象，对拖曳车队却大有帮助。不过，风势增强固然带来暖意，同时也卷起冰碛，使得拖曳车队更加戛戛难行，可说是利弊参半。果然，当天下午无线电联络时，"小美洲"就报告说雪暴侵袭营区，能见度为零。不过，气象人员也预测雪暴很快就会过去。"若是天气许可的话，"莫菲说，"拖曳车队会在早上六点出发。"他要我待命，等候收听那时的天气预报。

"没有闹钟你能那么早爬起来吗？"他问。

"应该可以。"

"你要他们带什么吗？"

"是的，溴化钠、鱼肝油和葡萄糖。"

"唔，这得看南行小组怎么办，"莫菲说，"顺带一提，波尔特打算带三个月的配粮，此外，他还用废铁做了个别出心裁的探照灯。"

跟往日一样，他的话还是很难听得清楚。即便是细心调频，能听出一半就已很幸运了。许久之后我才发现，问题出在接收器内部迷宫似的线路上。于是我只得请他们多次复诵电文，他们也同样要我复诵电文。发动发电机极为费力，每次只能发出一两个词，然后就得请他们稍候，让我喘口气。

"抱歉又得让你发动啦。"莫菲说。

我苦思合理的解释，这才想到三月底胳膊受伤的事。他也知道这回事。

"胳膊不听使唤，很难发动。"我告诉他。

"很严重？"他追问道。

"不，不过，发动起来很费力。"

关机前我们把联络时间略作更动，从明天二十日星期五正午起，"小美洲"每隔四小时广播一次进度报告。他们会收听，但除非我有所指示，否则不一定要回复。戴尔收播前报告一下刚和阿林顿对过的时间。

"小美洲"即将启程的兴奋，以及担心自己在早上六点可能起不来，让我辗转难以成眠。上床之前，我装了一壶热水，两个热垫塞在睡袋脚边。几小时之后"小美洲"的弟兄就要启程，使我兴奋得忘了疼痛。我在日记里写道："……这消息太妙了，一时之间我几乎无法相信自己真的还能再看到人，因为我已不知多少次认定再看到人类的机会微乎其微。天气转暖是个好兆头，温度计的红标已回升到零下三十度，看来一切都朝正向发展，使我觉得好像打了一剂强心针似的。不过，不可否认我仍然非常、非常虚弱……"

我不知几时睡着了，一觉醒来看表已是五点三十分。尽管这种时候我没有意愿，更没有气力，但还是催促自己钻出睡袋、穿好衣服、爬上顶门。阵阵北风掠过罗斯冰盾，触肤生寒，但天空却出奇地晴朗。气压上升，果然是好预兆。然而，我把手电筒转到温度记录纸上时，不由心头一沉。温度从零下二十四度急剧降到零下四十六点五度，而且曲线仍然在剧降当中。炉

第六章 七 月　　201

火虽旺而不热，热垫也一样，大概是化学剂已疲乏了。

我一坐上发报机前的三脚凳，就立即传来了戴尔的声音。"早安，"他在我确认呼号后说，"气象报告准备好了吗？海恩斯等着要。"

发出气象报告后，波尔特告诉我，海恩斯建议将启程时间延后，再等"前进基地"中午的报告。虽然昨天侵袭"小美洲"的雪暴已停，但在未确知高空气象观测气球和"前进基地"另一份报告都显示天气稳定之前，海恩斯不愿贸然判定"安全"。"不过，比尔要我告诉你，看起来天气良好，良好而寒冷。"波尔特说。

这额外差事害我没时间吃东西和取暖，也使我精疲力竭，好几次因为力气不济，而在发动发动机时请戴尔稍待，让我喘口气。权充早餐的热牛奶和热燕麦粥一起翻腾起来，我赶忙往坑道而去，一阵干呕，吐得满地狼藉。我爬上卧铺，等候正午时间。时间过得很慢。借着防风灯的灯光，但见温度记录器指针稳定地下降，正午到上头观察天色时，温度是零下六十一度，但风已渐歇，气压仍然继续升高。天色晴朗，北面天空一片嫣红。

"海恩斯很满意，"我发出上述的天气报告之后，莫菲说，"这里也转冷了，昨天只有零下十四度，今天已降到零下四十度。不过，天气晴朗正合波尔特之意，他说会在一小时之内动身。"

"告诉他小心为要。"

"遵命。很抱歉就此草草结束,四点钟再见。"

坐立难安等待拖车队

接下来的情形我实不欲赘言。我除了顾虑自身外,还得挂心另外五个人的安危,那种心情就算在牢里急踱,寄望能在最后一刻获得缓刑的死囚也无以过之。启程前的兴奋之情顿消,代之而起的是满心懊悔,既后悔当初不该同意,又担心他们可能遭遇不测之祸。我坐立不安。我没来由地爬上顶门,仰观天色,好像老天可以证明不妨展开英雄行径似的。然而在冰晶掩映之下,只见一轮冷月在天,叫人看了就觉心寒。

气温降到零下六十二度。我开始准备烽火。导航装置箱里有八九把镁光焰火,各附有木柄,我拿出六把,放进梯子底下一口箱子里,再找出两截约三英尺长的备用通风管,用绳子吊上地表,插在雪地上,中间架起一块厚板,权充工作台和放置汽油瓶的高台。我的想法是,把汽油倒在空罐里,摆在台子上一个接一个点火。

午后四点的联络时间打断了我的准备工作。戴尔很忙,只说了一句话:波尔特在二点三十分从"小美洲"出发,刚接获报告说他已到了四英里外,正往阿蒙森湾而去。晚餐前,我把四个空锡罐倒满汽油,每罐不超过一加仑,再把其中三罐扛上地表。八点,气温零下六十五度,"小美洲"通报说:"他们已跨越阿蒙森湾，到了南方约十一英里外的罗斯冰盾高原，在'南径'上整装待发。很显然，他们没找到标旗。午夜再见。"

冷。温度计红标下降。天哪，他们运气怎么这么背，偏选在最严寒的时候来这里？我对自己说道。戴尔每小时会跟拖曳车队联络，他也把波长告诉了我。我想听听他们的报告，可惜虽然找对波段，也听见他们忙着交换信号，但收发速度太快，不是我所能应付。接近午夜时分，风向记录证实了风在西面短暂流连后，再次转回西北，风势也稍稍增强。气压仍在上升，这倒是好现象。不过，气温在一个小时之内降了五度，急降至零下七十五度，不但是全年最低的记录，也比"小美洲"最冷记录低上二度。我虽然知道他们那边比较暖和，但一想到在这种气温下，五个人在罗斯冰盾勉力维持自己和一辆拖曳车的生命，不由使我心慌意乱。

午夜联络时，莫菲的口气也很沮丧。"我们刚收到波尔特的消息，"他说，"拖车在南方十七英里外，速度慢下来，但仍继续前进。"

我发出："一切 OK？"

耳机里的声音似是从极遥远的地方传来，莫菲缓缓说道："显然不太顺利，他们那儿虽是天气晴朗，却是雪劲风紧，据波尔特说，能见度为零。标旗显然已完全被雪淹没，旗帜只剩两英寸左右露出地表，因此，他们以罗盘航向的方式，一面一面地找出标旗，若是少了一面，就以绕圆方式一直到找到为止。

因为有些旗子被吹倒,留下一大段空档,使得他们不得不把行程慢下来。"

由于接收器故障,我必须请莫菲复诵两三次,才能听出个梗概。从他的报告听来,我已没有继续保持希望的权利了。由于我行走极地多时,很清楚北面茫茫黑暗的情况。我可以想象,波尔特坐在引擎盖上,手持探照灯,在相隔二百九十三码的距离间,拼命寻找不过巴掌大小的标旗。这条路线是大约五个月前英尼斯-泰勒开发出来的,他虽知道这件事,但对循标旗而行却没有太大帮助,因为狗橇队不会沿直线而行,而是以Z字形方式忽左忽右,也就是说,标旗的方位可能在真正路线左右两侧二十码,因此拖曳车队以靠速率计做罗盘航向方式搜寻,很可能会找不到标旗。

"迪克,你没有必要整夜待命,"小美洲说,"我们会跟波尔特保持联络,明天早上八点再见。"

我拟了一段电文,请他转告波尔特,若是他们撑得下去的话,往我这个方向找到标旗的几率较高。我本想再发点指示,但因胳膊使不上力而无法将电讯送出去。以前发生过类似情况,以后也还会有,我这一生中觉得自己万般无用莫过于此时。

那晚关机后,我满怀事情已完全不是自己所能掌控的感觉爬上床,疼痛和梦魇再度来袭。折腾一夜之后,星期六早上我再度陷入介于清醒和昏迷的奇异境况中,费了好大的劲才爬起来。我把手电筒照向温度记录器时,但见红标在凌晨三点滑落

第六章 七 月

零下八十度之后就没有上升。我用来洗眼睛的那瓶硼酸自爆，连保温壶里的牛奶也结了冻。炉子后方墙壁原本还能力抗薄冰上爬，现在则已覆满一层白霜。我在豁弄炉子时，手指掉了一层皮。我身子虚得无法站立，只好再钻进睡袋，再次醒过来时已将近中午，错过了第一次无线电联络时间。

正午和午后二时的紧急联络，我设法再跟"小美洲"联络，却只听见静电的沙沙声。温度记录器停在零下八十度便冻住。我心急如焚，在午后四时第三度尝试和主基地（"小美洲"）联络无功后，我盲目地发出："波尔特，如果你还在路上，请速回转'小美洲'，待天气较暖时再作计议。"戴尔是否收到电讯，我无从得知。

这时，我的胃除了热牛奶之外，已容不下别的食物。我大部分时间蜷缩在睡袋里，几呈昏迷状态。炉子整天生着火，但屋内依然冷得令人无法忍受。晚上清醒过来，只觉眼睛疼痛流泪，脑袋和背部也一起疼痛起来，这才幡然醒悟，屋内一定已充满油烟，于是我强打精神下床，尽量设法解决。出气口几乎被冰冻死，我用挂钩木棍戳通。摸摸烟囱上端，只觉触手冰冷，同样也塞住了。我心想，无论如何得想办法隔绝寒冰，于是便到阳台搜寻，好不容易找到石棉。我拿着石棉和一截绳子爬到上头。这时的室内温度是零下八十二度，一推开顶门，呼吸道顿时收缩，我差点闭过气去。接近地表的空气层想必至少是零下八十四度。我不得不退回屋里喘口气。这回，我戴上面具，闭着气推开顶门而出,再往烟囱管方向而去。我眼角瞥见通风管宛如一截断弃的蒸汽管似地喷着气。

我尽量不往北方看,以免徒增失望之情。然而,我还是心存侥幸,寄望远处高地会突然冒出拖曳车灯光。一缕摇曳光线,我顿时心跳如捣,再仔细望去,可惜只是地平线上一颗星星。除了东北角一弯淡淡的极光之外,天空极为晴朗,我看在眼中不免替拖车队高兴,不过,我同时也告诉自己,不管他们如今在何处,凡人绝不可能在这极寒中待太久。我每次呼吸,肺部都随之收缩,从面具出气口呼出的空气立时凝结。

怪事发生。我手上握着手电筒,背上背着石棉,往烟囱管爬去,刚爬到一半骤然眼前一黑。我起先以为是手电筒失电,但一抬头却连极光也看不见。我瞎了。我起先以为是眼珠子冻住了。我摸索着往小屋方向爬回去,不一会儿,脑袋撞上固定风速记录器的铁丝,我蹲在旁边仔细思量。我并未感觉到疼痛,脱下手套轻轻揉揉眼窝。睫毛上挂满小冰球,把睫毛整个黏住,冰球一揉掉,视力顿时恢复,反倒是右手手指冻坏了,我赶忙把手伸进胯间取暖。

由于戴着手套,双手极为笨拙又不稳定,要把石棉裹在烟囱管上是极费力的工作。我注意到,烟囱管也被冰堵住了,开口只剩拇指般大小。工作未完,睫毛又冻住了。这回我冻伤了左手两根指头。我急于摆脱寒冷,所以懒得爬梯子,直接滑下屋内。我卸下面罩时,连带把两眼下方脸颊上的皮肤也扯下一

第六章 七 月

大片。我花了大半个钟头，才使得手指头在一阵热辣辣的刺痛之后恢复血液流通。

我虽然疲惫不堪，在没有打通烟囱管之前，还是不敢上床休息。我装了一汤罐的固态酒精片，点燃后在烟囱管四周上下移动，提供额外的热量，借着石棉隔离作用，不一会儿，烟囱管内的结冰化水，之后，炉子本身的热度足以保持流动状态。我从弯管上的小孔就集了一大桶水。温度记录器已下滑到零下八十三度，水滴落地立刻结成冰。我担心气象仪器会冻住——至于我自己，那就更别提了，一时委决不下是否要熄掉炉火。我躺在睡袋里，尽量想温带、热带地方的光景，无形中似乎觉得暖和了许多。过了好一会儿之后，我下床熄掉炉火。

拖车队折返"小美洲"

二十二日星期日，我担心拖曳车队安危，惶惶不可终日。我一醒来，睡袋头已结了一大块冰。我得用酒精先将输油管烧暖，煤油才能从油桶流到炉子。我虽然双手状态不佳，还是把接收器完全打开，朝、午、晚三次试着和"小美洲"联络。完全无效，空气一片死寂。我推开顶门北望，起码有十几次，几乎都被那闪烁亮光所迷惑，仔细一看才知道是星星。气温下降到零下六十几度，时速十六英里的东南风随之而来。煤油再次结冻，我不得不牺牲屋内的温暖去暖和坑道。

那天下午，我希望全消，因为知道朋友已经上路而产生的精神亢奋荡然无存。我心里也空荡荡的。该试的都试过了，总是徒劳无功。担心波尔特可能遭遇不测的惶惑渐升，这是很可怕的想法，但除此之外，我没有理由再作他想。尽管如此，到了下午三点，我还是打起精神到地上烧两罐汽油当信号。我整整划了十二根火柴，好不容易才点燃。汽油一着，顿时火光冲天，我已习惯了黑暗的双眼一时之间竟是眼前一黑。

浓烟冲天，在风中袅袅散去。北面没有回音。过了一会儿，我拿起绑在竹竿上的镁光火把，高高举起。镁光极为耀眼，在暗夜中形成一个巨大的蓝洞。镁光烧了将近十分钟，之后就被黑暗淹没。这时，我终于体会了孤寂两字的深意。

七月二十三日

没有消息。我再三到地上观望，但除了那些误导人的星星之外毫无所见。我虽知道是徒劳无功，当天傍晚还是再烧两罐汽油。这是隆冬之夜的愚蠢行为。我不能轻易放弃这愚不可及的希望。我虽是满心绝望，但见正午微光渐渐扩大，逐渐爬上地平线的太阳放出令人疑真疑幻的光华，预示着再过一个月白昼就会来临，仍使我精神为之一振。

今晨室内温度记录器的温度是零下七十三点五度，我差点冻僵，一时间竟是下不了床。我左颊冻伤，睡袋襟缘乃至我的头发都被我呼吸结成的霜冻住了。

七月二十四日

没有消息。我祈求上帝告诉我波尔特的下落。要是他有什么不测，我一辈子都不会原谅自己。风从东南方吹来，卷起巨大的冰碛，但温度已慢慢回到六十度、五十度……

七月二十五日

毫无异状，只有风，雪也更大了。我又把无线电打开，但什么也听不到。有时我告诉自己，这是没什么能发出声音的缘故："小美洲"已遭大祸，无线电已毁。不可能。我之所以记录下这一段，只是想反映我当时的心境而已。

二十六日星期四，依然有风有雪，冰碛飘飘，不过风在东南方停驻三天之后，一开始收敛便带来一件好事：风化解了寒意，温度记录器爬升到零下十几度，这也是三十二天来最暖和的一天。我告诉自己，不管波尔特人在何处，一定也很感激风势渐敛。早上我听了两回，但"小美洲"依旧毫无消息。我点起两根蜡烛，颓然坐在卧铺上，望着从烟囱管吹进来的冰碛，一碰到烟囱便在嗞嗞作响中融化。

午后二时，我起身再试。就在我刚死心要放弃的时候，波尔特的名字蓦地划破死寂。我颤巍巍地调整接收器，忽然，一长串话传出来，虽受静电干扰听不真切，却可以分辨出是莫菲的声音。他说得很仔细,每句话都重复两三次。我屏息静气,唯恐一喘气就会漏失些什么。从所听到的片断拼凑出来的图像大约可以得知拖曳车队的情形。波尔特在出发后第三天早上,就已抵达罅谷边上的五十英里储备站,但在迂回踽踽而行时,却完全找不到标旗。他恪守我"找不到路就不宜继续前行"的指示,在欲进无路之下,终于决定折返"小美洲"。从无线电中不断提到风这个字眼来判断,想必是他们在半路遇上了雪暴(依后来波尔特的描述,其实是飓风),不得不暂停前进。他们等了一天才撤退。尽管如此,波尔特已准备再度尝试。

其实无线电广播的就是这个意思,但我在心思混乱之下仍不敢十分确定,于是设法发动发电机联络戴尔,无奈刚转了几转,发出几个呼唤的字母,双臂便全然使不上力,两眼一黑。我五内翻腾,早上所吃的一点燕麦片吐了个精光。我全无依靠,不得不放弃。后来,我坐在卧铺上思量,终于想到一个法子可以善用仅余的一点力气。

我把发电机头从三脚架上拆下来,绑在钉在地板上的厚箱子上,如此一来,我坐在椅子上,用两脚发动比两手更能使力。我试了一下,结果十分满意。虽然一踩动时发电机摇摇晃晃,但总算不必花上那么大的力气。此外,这种方式还有个好处:腿累了可以换手。我在当天的日记里,以自我安慰结尾:"他(波尔特)安全返回'小美洲',表现殊堪嘉许,我感到无限欣慰。在我情绪极为低潮之际,这消息来得正是时候。"

第六章 七 月　　211

星期五，天色阴霾，温度上升到接近零度。天气转暖，我的希望油然而生，因为这时波尔特成功的机会大增。然而我在仔细衡量之后发现，既然许多标旗不是被吹倒，就是被雪淹没，那么除非我先取消不得偏离路线的命令，否则他要抵达"前进基地"的机会极为渺茫。这是我在绝望之下的打算，我承认，日后我一定会感到惭愧，但在当时却是别无选择。我还能撑多久是个问题，尤其是无线电所加诸于我的劳累，每发动一次都好像要我的命似的。

我四处闲逛打发时间，等候午后二时无线电联络。我在坑道中想多找些信号烟火，偶然发现那个几乎已被我遗忘的七英尺长、T形信号风筝组件。我没花多少时间就把风筝组合好。之后，我灵机一动，用一长条天线当风筝尾，扎上纸和布，时间一到再浇上汽油，点火升空，当作高空烽火信号。我对这个点子颇为自豪。

午后二时，我听见戴尔呼叫 KFZ 微弱的声音。我把椅子靠在墙上，两脚像踩脚踏车似地踩着发电机的曲轴柄，开始发出电文。大意是说，如果他们打算再做尝试，最好趁现在天气暖和，月光、微光和温度条件都有利的时候；改走新路线绕过罅谷；我会在风速计天线上留盏灯，午后三时和晚上八时会放风筝，风筝上也会悬灯。这是极费力的工作，我数度停下来喘口气。发完电文之后，我说我会尽量设法接听他们的答复。

回话的是戴尔还是莫菲，我不太清楚，而且除了知道请我重发电文之外，根本听不清他在说什么。我试发了五次，最后为了保留一点力气只好放弃。这时我已双腿打颤，两脚不时地从曲轴柄滑开。我把开关转到接收器，虽然听见有人在说话，却模糊不清。不过，尽管操作技术不佳，这通电文却出乎意料的成功。（以下是"小美洲"日志片段拼凑出："如果听得见，在温暖的时候来。走新路线附近……等待。"我们等了一会儿，然后两三分钟内传出了发电机的嘶嘶声。"……走靠近旧径的冰罅，会有灯等在外面。"我们再次等了两三分钟，接着："然后在午后三点（？）和八点（？），我会升起带灯的风筝、风筝、风筝。等等。"我们等着。然后："……让波尔特带风筝来，在同一时间升起……"）

我虽无从得知，但这时"小美洲"已是心坚意定了。波尔特和营地军官磋商之后，决定急奔"前进基地"。他把小组人员减到三人：他自己、拖曳车小组长德马斯和无线电操作员韦特。波尔特预计，沿着他到五十英里储备站的新路线，此行的前半段路程应可大大节省时间；至于绕道罅谷的路线，他也想出了很有耐性的办法。由于太靠近磁极，不能靠一般的罗盘正确定向——一般罗盘在高纬度地区会变得迟钝，极不可靠。况且，罗盘不能太靠近铁器，"小美洲"还没有人想出有效的办法，可以把罗盘架在拖曳车上（不过，罗森倒是在春季行动前及时想出独创一格的法子：把罗盘架在拖车后的雪橇上，雪橇上的观察员则以控制开关方式，以连在仪表板左右的两盏灯指示司机

第六章 七 月　213

方向）。波尔特的想法是，每隔五百码左右造一个十英尺高的雪烽塔，塔上安置以手电筒用电池发电的小电灯，权充后视烽火，慢慢前行。这个方法虽然肯定费时费力，却不失为横渡冰罅和绕道罅谷时，仍能保持直线行进的保险方式。

黑暗中的一线希望

时间漫漫如长河，深沉如静潭，足以让我悄悄浸淫其中，没有怨怼，也不再挣扎。往者已矣，来者自然会演绎出合宜的清理方式，我唯一的念头是，此刻肉体的存在暂时取得平衡，尽量借由应用多时的方法保持心理平静与安定，不要进一步危及这脆弱的平衡状态。剩下的只是全神放在无线电上。虽然我也整理气象资料、做气象观察、上发条，但这些都是机械性的动作，所剩一点真正的敏感和推论的能力全用在维持通讯管道畅通上，这不仅是为了自己，更是为了打道前来"前进基地"的弟兄设想。我从一开始就不喜欢无线电，现在更是没来由地讨厌。它每天总是会害我瘫几个小时，若是能找把铁锤把它给砸了（我不止一次想这么做），也许就不会这么饱受折腾了。但我受着道义的拘束，因为我已启动了某些非自己所能控制的力量，更因为弟兄们既已拟议要从"小美洲"摸黑前来，我就不能砸无线电。

二十八日星期六，风有气无力地吹到南边便停住，下了三天的雪也停了。星期日，寒冷再度来袭，温度陡降至零下五十七度。我听到戴尔呼叫，但"小美洲"却收不到我的信号。我起先以为波尔特又上路了，后来一听戴尔只是重提他那耐心筑雪烽塔的法子，这才知道他还没有启程。尽管如此，当天下午我还是发了两通电文，使我疲惫不堪。在坑道内和楼梯下，有一加仑锡罐装的仪器用乙醇，我倒了一大杯，加水喝下，岂料非但没有暂时提神的作用，反而使我肝肠寸断。我腹痛如绞，脑门好像要爆炸般，一整天无法动弹。这一次经验已够我终生难忘。

七月二十九日

我仍然虚脱无力，但在神志昏沉当中，还是记挂着取消要波尔特莫离开"南径"路线的指示……这不但显示我领导能力极差，更糟的是乱成一团。

星期一，百叶箱内的温度爬升到零下六十四度，这表示，今天只升了六度。第二天未见好转，我到坑道拿点玉米粉进屋时冻伤了耳朵。那一天也没听到什么消息。我忧心如焚，到了联络时间便盲目地发出电文，催促波尔特不要强行穿越危险的冰罅，若是无法前进最好先折返"小美洲"。同时，我为求心安，又烧了两罐汽油，外加以绳子绑着一枚信号弹，抛过无线电天线杆外，在离地十五英尺上空燃烧起来。强光并未引来任何反应。

七月就此结束。七月在极寒中结束，仿佛它本来就是寒天似的。我眼前摆着气象记录显示，这个月有二十天在零下六十度以下，零下七十度有六天。当我把月历翻到后面时，我告诉自己：这是我第一次在坑道中昏厥后的第六十一天，情况没有任何改变，我还是独自一人。"小美洲"的弟兄还是欲进不得，而周遭的一切恰似废墟：吃了一半的罐头、结冻的食物散落一地；墙角边一堆分解的发电机零件，是我三个星期前踹过去的；书籍从架子上翻落，我就任它躺在原地；薄冰已盖满了地板、四面墙壁和天花板，屋内再无一物可以让它征服。

不过，形势发展并非完全无可挽救，我的人生也不是完全退步。有失必有得。因为，白昼将临，它就在北面踌躇，沿着地平线对我这别无指望的人发射动人的信号，一天一点地把黑暗推开。神迹般扩大和成长的光明犹如无声的序曲，告诉我太阳就在北方二十七天外，这就是我的友伴。

第七章

八　月

背水一战

八月始于星期三，天色暗得吓人。我第一次见到气压计降得这么低。气压降到二十七点七二英寸，记录笔滑出记录纸外。气压急降，不免给人罗斯冰盾上的空气都被吸光的感觉。除了风速计在微风中轻旋、不久后便戛然而止外，并没有发生什么事。但我整天都觉得罗斯仿佛在屏息等候飓风呼啸而来似的。

大自然的不确定性使我的心情大受影响。我坐立不安，第一次濒于真正失去自我控制的边缘。我把上次用过后摆在门外的空罐加满油，从坑道取来至少可以支撑两个星期的存粮。这额外的工作使我精疲力竭，但不做完我不会也不能罢手。习惯和需要促使我机械似地做了不少事，我完全不由自主。

五天没有"小美洲"任何消息，加深了我的忧惧。因为我知道波尔特可能已经上路，甚至就在附近。我鼓起余力再烧一罐汽油。四野寂寂，毫无动静。我上床休息，时时梦见拖曳车队和冰罅，也梦见屋内挤满不友善的陌生脸孔，阻断了迷蒙却又是我热切盼望的景象。

八月二日

今天仍然没有消息，但保险起见，我还是在午后和晚上各烧了一罐汽油。最低温度从昨天的零下五十二度，飙升到上午十一时的零下二度。有薄雾，无风。

八月三日

天可怜见，波尔特仍安然待在"小美洲"，我胡乱舒弄无线电，好像也有效果。电文在今天见分晓：波尔特还没离开，但只要海恩斯的气象报告适合，他随时准备动身。"小美洲"白雾茫茫，此地倒是极为晴朗。正午时北面天空一抹殷红，罗斯海方向则是黄澄澄一片。今天早上最高气温是零度，现在（午后十时）则是将近零下四十度。光线一天天充足，这是减轻波尔特的危险的一大因素，但就我自己而言，似乎已经麻木，不再担心了。

戴尔在另一头想必等得极不耐烦。无法回答"小美洲"的紧急问题的确令人觉得凄恻难言。我不得不称赞戴尔和哈奇森耐性过人。

八月四日

波尔特已经动身。我在今天下午得知，他带着两个月的配粮和充分的储备油料，已在五个小时之前启程。几乎没有风，温度也固定在零下三十度左右，天气可以说十分不错。此外，波尔特再次南行的事实也突破麻木状态，使我的希望油然而生，心跳再度为之加速。

星期日，这是我亟思从记忆中抹去的一天。我一醒过来就觉得不对劲，病恹恹地不想吃，也不想做任何事。我处理一下自动记录器，但眼睛一直折腾我，最后，我颓然坐在炉子旁的椅子上，不想等到正午联络时间却传来坏消息：波尔特在"小美洲"靠近阿蒙森湾的冰罅上进退维谷。他找不到上一次安全通行的路线，且在设法另辟新路时迷了路，还得把陷入冰罅凹窝中的拖车设法解脱出来。

由于接收器再次故障，我花了点时间才将上述这些事实弄清楚，再综合莫菲和海恩斯的报告，看来问题很严重。既然波尔特在距"小美洲"不到十英里处碰上大麻烦，为什么不设法助他一臂之力？我心神一紧，立刻发出电文："查理、比尔，这到底是怎么回事？不能出动另一部拖曳车协助吗？动用所有资源！"

在我调整耳机的时候，莫菲的声音传了进来。愤怒尽去，懊悔齐涌心头，我恨不得收回刚才那番话。我这位朋友说得很仔细、很从容，甚至带着些许谴责的意味。我虽然不完全记得他的话，大意倒是记得很清楚。他说，在他看来，波尔特的处理方式极为谨慎,也极为合理。另一部拖曳车从波尔特一启程就随时待命,而且跟基地时时保持联络。他们建议波尔特带全套露宿装备,但他断然拒绝,必是已有万全准备,因此毋庸过虑,那部拖曳车很可能在几个小时内就可以继续上路。最后,莫菲以他一贯不动声色的口吻说道:"迪克,其实我们更担心的是你。你生病了,还是受了伤?"

我顾左右而言他,称我已了解拖曳车的全盘状况,偏在这时我先是两脚、接着两手力气用尽,电文只发了一半。莫菲说,他们只收到一部分,而且难以辨认,接着再度问我是不是出了什么问题。这下我可无法回避了。手臂受伤的老词儿也派不上用场。莫菲追问不休,甚至说要派个医生过来。"毋须挂虑,"我终于回答,"只是拜托别再让我发动发电机就行了。"

这些话都照例忠实地记录在"小美洲"的日志上,戴尔还附加一段他个人的想法:"伯德似乎每发几个字就体力耗尽。"看来我的遁辞只能欺骗自己,骗不了别人。莫菲虽深以为忧,但仍然装作对我的答复很满意的样子。"我们了解发动发电机很费力,"他说,"不必为我们或波尔特操心。明天见。"

八月六日

今天正午,波尔特只南行二十一英里。打从昨天脱离了冰罅凹窝之后,拖曳车机件故障不断:离合器滑动得厉害,用以驱散热度的风扇皮带已用罄,莫菲认为波尔特只怕已无能为力。

我发出一通安慰的电文，戴尔回称收不到，我的信号太弱了。他机灵地建议，我用不着费力去发动，除非有重要的指示，否则只要发"OK"两字，就表示我无恙。我连发了两三个"OK"之后，关机休息一整天。

我为昨天所说的话深感惭愧。我质疑"小美洲"的判断能力和效率，是对朋友极大的不公平。他们自有分寸，而且与他们相隔两地的我有什么权力干涉？我的懊悔还不止于此。独居六十六天之后，我已失去自制，时时流露出不耐烦的情绪。

我无从得知"小美洲"作何感想。莫菲故作无事状，也许是在掩饰什么。这才是最让我苦恼的地方。我最不愿见到的是，此行演变成含有无数风险和屈辱的救援行动。同样，我说这话也十分可鄙。因为这件事早已不是一时的自尊或面子的考虑，而是冷静的评估。万一他们因采取贸然行动而出了什么差错，我脱身的几率也会大受影响，罗斯冰盾不是惶忧、焦虑的人能待的地方。所以，我担心挂念绝对是出于私心。很显然，"小美洲"的执行官已深入考虑各种风险，若是贸然行动不啻辜负我和他们的手下……

尽管如此，我还是祈求上苍无论如何作个了断。我可受不了一下希望油然而生，精神大振，一下失意消沉。我恢复元气的资源一天天减少，大部分得归咎于无线电。不断地发动发电机使我心力交瘁，每回联络一结束，我总是跌跌撞撞地濒于无助状态。一个人长久处在这种凄惨状态下，必然会屈服。我再次沦入一无所有的境况。

我该上床休息了，支撑我的只是明天晚上他们就会找到这里的凭空想象。我心知这是不可能的，特别是在听了莫菲令人丧气的报告之后。最糟糕的是，寒冷加剧，现在接近零下六十度。

星期二是令人心碎的一天。莫菲以平淡的口气通知我，波尔特再度折返"小美洲"。这一趟南行二十六英里，只是第一次的约一半距离，离合器就已完全失效，波尔特能安全回到"小美洲"已十分走运了。"很可惜，但事实如此，"莫菲说，"他们正在睡觉。车子已做全面整修，午夜前可以修好。"

我回答说，他们做得很对，不必急在一时，欲速则不达。

"请再发一遍，我们没收到，"小美洲说，"约翰说你的发报机没有调准。"

祸不单行，我的发报机坏了。以前我虽收不到"小美洲"的电文，但起码"小美洲"还可以收到我的。现在情形刚好相反，我听得很清楚，他们根本收不到。"等一下。"我说。我赶忙检查发报机，做了些调整后再试。

"还是不行，"莫菲说，"没关系，明天之前修好就行。我们同一时间再见。这二天不必费心点信号灯。"

这天早上，我真的束手投降了。我在日记里写道："救兵和弟兄们的安全显然无法并存……寄望太高是一大错误……今天我终于想通，三人小组当中，一位是我多年船友彼得·德马斯，另一位是我完全信赖的巴德·韦特，波尔特和这两人折返小美洲必然有充足的理由。"

我跟所有人一样，希望虽已消失，心中野兽本能似的韧性却不容我就此死心。我从他们第一次南行开始，就一直在准备信号弹和火罐，现在我以一小时一趟的速度，把十几罐汽油搬到地表上。这几罐信号火罐有番茄罐头罐，也有削掉顶部的汽油锡罐，搬到地上之后用纸盖着，再以雪块压着，以防冰碛吹入，然后摆在屋顶的临时工作台上。我把风筝放在阳台上，梯子底下摆了一捆卷得整整齐齐的绳子。此外，我把剩下的六枚镁光火焰弹也搬到梯子底下。这番准备颇有背水一战的意味。

为了做这些简单的准备，我不得不到屋外一会儿，这样对我也大有好处。此外，白昼的景象也令人振奋：天气晴朗又不太冷，正午只有零下四十一度。无可否认，白昼带着太阳系沛然莫之能御的力量逐渐升起，我和"小美洲"之间的暗漠一时间判然一分为二。晨曦似的珍珠光扩大且转变成殷红和橙黄色，不免使我想到这是为太阳铺陈的光景。距太阳出来只剩三个星期了。我想象日出光景，但这意念太浩瀚了，不是我所能理解的。

八月八日

今天早上，波尔特、德马斯和韦特第三度出发。天气明朗，光线充足,温度也还可以:一大早是零下五十度,十点左右回升到零下三十度,现在则是稳定地维持在刚好零下四十度之下。

莫菲十分雀跃。"迪克,我想这次他们可以突破难关。信号灯继续点着。"他说。唔,还是静观其变吧,我可不能容许自己再在希望倏起倏灭中沉沦。可惜的是,我跟"小美洲"只能单向联络,我听得很清楚,但他们却收不到我的电文。我已经把发报机分解检查,今晚得再试一次。

思考配合行动

第二天是星期四,我醒过来时满怀确定不移的信念:这次也跟前两次一样,必然会以失败收场。提早做好心理准备,我了解自己为何会采取这种态度:这是避免再一次失望心痛的预防机制。奇怪的是,我并未真的感到绝望,反而认为这才是不折不扣的务实态度。此行成败跟我个人安危的关系已经不那么重要。我认为,不管此行结果如何,不管他们是否到得了"前进基地",我个人所得极为有限,拯救我的价值已几近于零。唯一重要性不减的是探险队的声誉,以及在我和"小美洲"之间踽踽而行三人的安危。

天气其实不算挺好。气压虽已悠悠上升,但天色依然阴霾,风向计指着东方,正是暴风酝酿区。不知雪暴或再度来袭的寒冷是否会使得小组人马受困于"小美洲"和"前进基地"途中,这个疑虑又逐渐在我心中升起。我变成看戏的人，主角身旁危机四伏已是显而易见，但因决断权在别人手中，令我无法出声警告。

"小美洲"显然也弥漫着同样的不确定性，下午再联络时，戴尔的口气仓促而紧张。从他的口气判断，莫菲大概是出去滑雪了。接替他报告的是比尔·海恩斯。我只能听出波尔特的行进还算顺利。"天气如何？"我说，"告诉他们快马加鞭。"天气即将转坏，我希望南行小组尽快离开罗斯冰盾。

"我了解，"海恩斯答道，"他们可以照顾自己，不会有事的。"

接着由莫菲报告。他的声音虽然清楚，但大部分听不见。最后，他特别通知我，另一部待命的拖曳车随时可以出动支持波尔特，万一拖曳车出故障，朱恩和鲍林可以在四十八小时内出动飞机。莫菲跟我相交多年，彼此相知甚深，因此他虽然话留三分，我却已察觉到他焦虑不安的情绪。"谢啦，"我答道，"你们可千万不能出岔子，不可鲁莽行事。"

后来，我裹着毯子坐在炉子旁等候，大概是打了盹，一睁眼却见屋内全暗了下来。我忘了加油，防风灯已油尽灯熄。我摸索着拿到手电筒，一看腕表，正是四点钟无线电联络时间。一室暗黑，我听见莫菲说，波尔特已南行四十余里，而且行进显然颇为顺利，至于其他就听不清楚了。我仿佛听他提到"光线"，以及一句问我是否需要看医生。很显然，"前进基地"的状态他已经心里有数，我再瞒骗也误导不了他。话虽如此，我还是答道:"不必,不必。"在这否定的回答中,我们结束了一天的联络。

往后的几小时宛如蜗步,好像是慵懒的刨木工人削下的一片片木屑落下。我在屋内踱着步,纯粹是因为必须活动筋骨。我到上头一次,但见除了南方之外悄然无风,天色也十分晴朗,但寒意又起,温度从正午的零下十六度再次逼近零下三十度。我心想:波尔特已有一次经验,这点寒意还撑得住。我在合上顶门之前不禁看看北面天色,暗暗为他们三人祈祷。

晚餐吃了点热汤、饼干和马铃薯,确定不会反胃之后便爬上床去。我沉思良久。我一个劲排斥的可能性,如今已是不言自明:"小美洲"已经一致认定我有麻烦,波尔特与其说是前来做流星雨观测,倒不如说是来搭救我。若真是如此,他一定会一以贯之,不理会过了罅谷后的标旗状况如何。他们一直提到信号灯的原因,由此也就不难理解了。他安全绕过罅谷之后,必然会以罗盘航向方式,依着十五到二十英里外便可看见的信号灯,全力往"前进基地"而来。

我看出个中的风险:万一我昏死过去,波尔特少了信号灯的引路,很可能到了"前进基地"百码外也看不见。这在暗夜中是很可能的事,而一旦他们仓促间再向南推进,那就真的有大麻烦了。诚然,他们知道自己的处境,波尔特也可以借由星光判断自己所在位置。不过,这在极寒的气候可不是件容易的事,若是天色阴霾的话更不可能。届时波尔特唯一的办法是,标出一个特定地区，再以交叉方式行进，一直到找到"前进基地"为止。如此一来，一旦所花时间更久，行走未经探测过的冰罅地区风险也会倍增。

因此，有件事非我来做不可。我不能只当个被动的标的，更须主动合作。我的任务犹如危险海岸边的灯塔守望员，必须随时守护，但因仅余的力气几已耗尽，所以我必须保留余力，不能像以前一样，在波尔特距离仍远时，就浪费精力燃烧汽油罐。于是我打起精神爬上卧铺，点起蜡烛，仔细盘算他们可能抵达的时间。午后四点，他们从"小美洲"出发三十七个小时，走了四十英里左右，平均速度是一小时一英里多一点。他们还有八十英里路要走，即便最顺利的情况，时速也不可能超过五英里。纵使上帝恩典，他们确能以这种速度行进，最快也得到明天早上八点才会抵达。

这虽只是如意算盘，但我不能不准备迎接任何可能的结果。因此，我决定早上七点先放风筝，然后每隔两小时烧一罐汽油。这已是竭尽所能。其实我很怀疑自己可能力有不逮。总之，我得小睡一番。我久久不能成眠，一睡着，梦中尽是冰罅幻境、跟跄人影和缥缈摇曳的灯火。

三人小组抵达"前进基地"

早上我悚然惊醒。平常要起床时，总是拖拖拉拉，在毅力和绝望间天人交战一番之后才能起身，这次却是猛然警醒。我尽快穿上衣服，生起炉火，缓缓爬上地表。这时，我手表的时间是七点半。天色昏暗，东边天际乌云密布，我习惯性地望向北边。这次我确实看到灯光。为了保险起见，我闭上眼睛，然后睁眼再看，岂料灯光却已不见踪影。我已上了星光不知多少次的当，这次很有可能也是星光误导。但是，我不以为然。这一信念使我力气顿生。

风筝就在梯子底下。我用根绳子把它拉起，把长长的尾巴浸在汽油中，留下一张几英尺长的干纸条权充引线，借此我才有时间在风筝尾着火之前将风筝升上空中。接着，我试了下风向，只有东南方吹来微风。为了节省体力，我先爬行约两百英尺——我多日来走动的最远距离，挖个小坑，把风筝插在坑里，再在四周堆雪支撑住风筝。然后，我把风筝尾巴摊平，点上火。我虽已加快速度，但还没走到另一头汽油便烧了起来。

我没有力气奔跑，只是双手交替猛然把风筝往上扯。我的运气不错，一扯之下，一阵风带起风筝。我使劲地拉着线头，风筝冉冉升上一百英尺左右。风筝带着熊熊燃烧的尾巴，在夜空中摇摆，我看在眼中感到十分满意。火光持续约五分钟后化成一道白热细线，然后掉落下来。北方没有反应。我收回风筝，往那一排汽油罐走去，连续烧了两罐，同样没有反应。兴奋过后，我累倒了，一时之间没有余力再走动，只是坐在雪地上暗自思忖。我这信号二十英里外也看得见，波尔特既然没有响应，

228　在南极，独自一人

就表示他没看见，换言之，我起码可以休息四个钟头再发信号。

回到屋内，我在无线电旁驻足，听了十分钟左右，心存侥幸，以为"小美洲"可能会广播。毫无动静。这时，水桶里的雪已经化开，我冲了杯热牛奶之后觉得精神大振，这才留下防风灯，钻进睡袋。我断断续续地打着盹，好几次恍若听到拖曳车的履带声响，仔细一听，不过是冰盾内部嘎嘎作响罢了。好几次，天线在风中呜呜作响，也令我产生错觉。晌午时分，我拿起望远镜再到上头。晨曦很强，我算了一下，起码看到十几面标旗，显示这时能见度甚佳。东北四象角部分，也就是天顶位一半的地方，虽然红光烛天，但全无动静。

我依固定时间和"小美洲"联络时，莫菲一副喜不自胜的样子。六个小时之前，波尔特联络说，罅谷已绕过了一半，最要紧的是，他已找对了路，标旗果然看得很清楚。波尔特正在翻越圆丘，预料不会再有大问题。"这是许久以来最好的消息了，"莫菲说，"我们在三点四十五分会再跟他们联络，到时再向你报告。"

一个小时后，我打起精神推开顶上，再到上头烧了一罐汽油。没有回应。不过，这时我本就没指望这么快会有回应。四点，"小美洲"兴奋地呼叫。波尔特已到了南方四十三英里外，正沿径而行。"根据报告，发电机的电刷出了故障，但波尔特有把握不致因此耽搁。祝你好运，迪克，别忘了继续发信号。"我没有回电，生怕一发动发电机会有不测后果。

戴尔收播时说，四个小时之后再找我，我则忙着收摄心神。依莫菲的推测，波尔特若是运气好的话，八个小时之后可以抵达"前进基地"，最慢则是明天一大早。这前景太过迂漫，一时间无法想象。这情况就像是事先知道自己可以重生，途中不会有死神干扰。我觉得莫菲太过乐观：波尔特还有三十一英里要走，而他已上路六十一小时，平均时速不过一点五英里，即便是以最后二十四小时的平均时速两英里来算，他距"前进基地"仍有十五个小时的路程，因此他在明晨七点前抵达的可能性不大。

尽管如此，为了慎重起见，我还是为他们可能提前抵达做准备。五点左右，我爬上梯子，只见天色十分晴朗，但晨曦已逝，罗斯冰盾显得出奇地黑暗和空阔。我烧了一罐汽油，不出所料，还是一样没有回应。我下屋休息一个钟头，顺便打起精神看看赫格斯海默[①]的《爪哇角》，但总觉得神不思属。六点，我再次推开顶门，这次我真的看见了。沉寂的北面，一道光柱从冰盾上窜起，垂直上升再落下，接着再蹿起，直冲星空，旋即落下。这无疑是波尔特的探照灯，我初步推断，他可能已到了十英里开外。

我喜不自胜。我拎着一枚镁光火焰弹，急忙往风筝走去，匆忙间差点没摔倒。我把火焰弹绑在风筝尾巴上，依样画葫芦

[①] 约瑟夫·赫格斯海默（1880—1954），美国作家，著有《三代黑皮肤的彭尼家人》《爪哇角》《巴里沙》等。

地猛然一扯，风筝飞起七十五英尺高。镁光耀眼，烧了五分钟左右。我一直看着东面，但不见任何反应。火焰烧完后，我任风筝坠地，在雪地上坐了半个小时，只是定定地望着北面。黑暗明显地加深。刚才分明看到探照灯，但在屡经失望挫折之后，我已经将信将疑。我必须做明确的决断。这等待、来来去去和惊疑不定，令人难以忍受。这时距我第一次昏厥已有七十一天，已到了脆弱人性所能忍受的极限。

我身形一动想要站起来，却已力气全消，只有爬到顶门边，直接溜下梯子，爬上卧铺。我累得很，但又不能躺着不动，半个小时后，我再次一步一停地上梯，一面告诉自己：这次准能看见探照灯光。然而，罗斯冰盾一片暗漠，看不到灯光。他们一定已看到风筝火焰，只是觉得没有必要回信号确认罢了。我毫无所见，也没听到什么声音。我烧了罐汽油，汽油烧尽之后，再把火焰弹杵在雪地上点燃。徒劳无功使得我脚步益发沉重。时间一分一秒地过去，到了七点三十分，几颗星星钻出云层。他们在哪里？我小心翼翼地再点一罐汽油，等它慢慢烧尽。他们也许已扎营过夜。但是既已如此接近"前进基地"，他们应该不致出此下策。我在沮丧之中，不免想到最坏的可能：拖曳车出故障、起火，甚至掉落冰罅。

温度记红标直落到零下四十度。我满心沮丧地拿起耳机时，莫菲已经报告到一半。波尔特从四点以后就没有再联络。耳机从我手中掉落。可惜我没再听下去，因为莫菲想告诉我的是，这可能是好现象：必定是波尔特认为已接近"前进基地"，应该尽快赶路，不必把时间浪费在广播上。我已智穷力竭，神志模糊，待我回过神时，赫然发觉自己半趴在卧铺上。

我是在八点三十分冷醒的。我勉力爬上床，拉起毯子，一睡就是一个半钟头。我心想得去发信号，赶忙往梯子走去，但勉强爬到一半就颓然倒地。我急思对策。我得提提神，但上次的经验使我排除以酒精提神的可能性。接下来的情形我已记不太清楚。医药箱里有一瓶含有番木碱①成分的连二磷酸盐，瓶子旁有张纸列明成分和使用剂量：一茶匙泡一杯水。我把已经结冻的药水放在水桶里化开后，舀了三匙冲了一大杯，接着又喝下三杯浓茶。我感到头重脚轻，但力气似乎恢复了不少。

我拿了一枚火焰弹和一截软线，爬出顶门后趁着力气未失前，把软线抛过两根电线杆间的天线，一端绑上火焰弹，点燃引信后猛然扯到天线上头。耀眼火光熄灭后，我眨眨眼往北面望去。暗沉沉的地平线上，探照灯光缓缓地上下移动。可能又是幻觉。我坐下，毅然看着相反方向，待我起身再看北方时，但见一道扇形光束仍然上下移动。我立时发觉这第二道灯光比第一次固定，亮度较弱，显然是车头灯。

的确有人迎面而来。不多时我就可以看见老朋友，听见他们交谈的声音，两个半月来只存在于想象中的死里逃生之念，

---

① 生物碱的一种，有兴奋神经系统的功用。

如今即将成为事实。这灯光对我的冲击真是一言难尽，在我一生当中，只有一次经历几乎可相提并论，那是在横渡大西洋飞行快结束的时候。当时，我们在浓雾和暴风雨中渡海，到了法国沿岸时碰上连续暴风，雨更大，雾更浓，因此虽然到了巴黎，却不得不退回岸边，以免降落时危及自身和他人。燃料几乎耗尽，四人已精疲力竭，若迫降准是必死无疑。我们在空中盘旋到第四十四个小时之际，蓦地看到岸上一道回旋的灯火，原来是滨海韦尔灯塔的探照灯。看到拖曳车探照灯的感受与当时相若，只不过这次等待的时间更久，所受的折磨更大罢了。在这奇迹似的瞬间，我感到自己仿佛再世为人，所有的绝望和六七月间的折腾顿时消失无踪。

灯光骤然消失，想必是车子驶下冰盾上常见的洼谷，灯光被山脊挡住了。换言之，拖曳车离这里还有段距离，也许还得再花上两个钟头。我再烧一罐汽油，又点燃一枚火焰弹，然后下屋去，打算为三位客人准备点心。我倒了两只汤罐在平底锅上加热。

我再到顶门观望时，已能清楚地看到探照灯，清楚得可以断定探照灯是安在驾驶座旁边。不过，依我判断，他们仍在五英里开外，这一段路得再花上一个钟头。于是我坐在雪地上，等候这桩大事的结果。我听见清澈颤动的空气中传来履带隆隆声，接着是哔哔哔的喇叭声。不过，车子还远，我又觉得寒意逼人，于是便下屋去，窝在炉火旁一会儿。奇迹当头，令人坐

第七章 八 月　233

立难安，但为免昏厥过去，我不得不强迫自己坐下。我打量一下屋内，心想再过几分钟就大不相同了。屋内脏乱异常，要是让波尔特他们看到实在难为情，但我除了勉强在杂乱中辟出通道外，已经无力再做整理。

午夜前几分钟，我再到上头。他们已经距离很近了，我可以看到拖曳车庞大的影子，于是点起最后一罐汽油和最后一枚火焰弹迎接。火光将尽时，车子在约一百码外停下，三人跳下车来，中间的波尔特一身皮衣，身形足足大了一倍。我站起身，但不敢走上前去。我只记得自己不住地挥手，但韦特坚称我还说："哈喽，老兄，快到下头，我给各位准备了热汤。"若是此话不假，我只希望自己不要太矫揉造作。事实上，我心中的感受不是言语所能形容的。据说我在梯子下就昏倒了，这我只有模糊印象，竭力掩饰自己弱不禁风的情形，我倒是记得比较清楚。不过，我记得自己坐在卧铺上，看着波尔特、德马斯和韦特大口喝热汤，大口吃饼干。我还记得他们叽里呱啦，只是不知道他们在说什么。我还记得他们好像在说着我所不熟悉的话，在我听来大部分毫无意义，因为他们长时间相处在一起，经验相同，他们谈话中彼此心照不宣，我却是外人。

不愿承认困境

这是一九三四年八月十一日午夜过后不久的事。两个月零四天之后，我回到"小美洲"。这对我们都有好处，一则可以扩大气象观察记录，再则这段时间虽然漫长，但我的体力也不可能提前动身。搭拖曳车回"小美洲"，我可能无法承受，此外，我又不敢冒险搭飞机，因为在这一带迫降是常有的事，我同样经不起折腾。这还多亏波尔特自制力甚强，绝口不提我几时要回去的问题，就连一直充当中间人的莫菲，也是到了探险行动需我做最后裁决时才说："事态发展顺利，我们都喜不自胜。"他以无线电通知波尔特："请告诉他，只要他一声令下，探险队立刻可以出动。"

拖曳车抵达后的这两个月，我很开心，别人却很难过。真的，四个人挤在一间小屋里，一举一动都不免碍着别人，晚上他们就躺在睡袋里，打地铺并肩而卧，那情形跟当兵时没有两样。德马斯和韦特轮流炊事和整理内务，波尔特则负责照料气象仪器，继续气象观察。他们好长一段时间什么事都不让我做，老实说，除了一些必要的客套之外，我并不坚持。不需作任何改变，再好不过了。我心头的阴影尽去，一如罗斯冰盾上白光涌现，黑暗渐退。我许久才逐渐恢复体力，体力一恢复，体重也随之增加。

不过，除了面子问题之外，还有我自己也无法解释的理由，使得我尽可能隐瞒自己虚弱的真正程度，我绝口不提，也绝不承认。他们也不逼我说，不过在整理屋子时想必已心里有数，只是一直没说而已。护卫领导能力的本能，以及对自己弱不禁风的羞愧感，使得我筑起一道墙阻隔这一段往事，既不希望有人踰墙窥探，内心深处更有个莫名的念头使我不愿接受自己受人搭救的想法。

自尊可以自行设想出种种理由。我一直认定，不管拖曳车来不来，我自己一人也能撑下去。若不是那恼人的发电机，我的确可能撑下去。不过，这不是重点。重点是我亟须援助，而我所能做的仅是向波尔特、德马斯、韦特和莫菲表达我永远的感激。

十月十四日，鲍林和施洛斯巴赫开着"朝圣者"从"小美洲"飞来。这时，太阳已高挂天空。鲍林告诉我，雪橇队已准备启程作为期三个月的行程。波尔特表示要跟我一起飞回"小美洲"，韦特和狄马卸下记录滚筒上的记录纸，再将个人装备和气象资料搬上拖曳车。我爬出顶门，毫不回顾。我把自己的一部分留在这南纬八十度零八分之地：仅余的青春、虚荣乃至怀疑。另一方面，我也带走了以前不是完全拥有的：对纯然之美的感激、生存的奇迹和不值一提的价值观。这已是四年前的往事，但文明改变不了我的观念，如今我过得更简朴，也活得更自在。

结束"前进基地"的故事之前，我还得再提一桩那段经历的教训。我一回到"小美洲"，便急于直接负起领导的重责大任，但没过多久就发现，有些事毕竟不是我所能掌控的。医生告诉我，若是由我来飞，只是自贻其祸。因此，我在实际指挥第一次和第二次重要飞行之后，就安分地留在地上，把飞大"神鹰"的棘手任务交给罗森。当时罗森只有二十四岁，如果我记得没错的话，那时他只飞过一两次，但表现已近乎完美。我单提一句，在他身旁两位海军老驾驶对他的判断未置一词，就是对他最好的赞词。因此，我的结论是：一个人唯有承认自己不再是不可或缺，才能臻于真智慧。